LE BABY-SITTER

JEAN-PHILIPPE BLONDEL

LE BABY-SITTER

BUCHET ● CHASTEL

Le papier de cet ouvrage est composé de fibres naturelles, renouvelables, recyclables et fabriquées à partir de bois provenant de forêts plantées et cultivées durablement pour la fabrication du papier.

ISBN : 978-2-266-20646-4

À ma femme et à mes filles.
Et à Rémy, bien sûr.

I

C'est lorsqu'il décide de s'octroyer une pause dans ses révisions – le chapitre *Tourisme et Transports* est vraiment trop rébarbatif – pour prendre un yaourt ou une barre chocolatée qu'Alex comprend que la situation est réellement grave – même si elle n'est pas désespérée. Alex n'aime pas le mot « désespéré ». Trop de sifflantes et d'accents aigus, des flèches qui ne trouvent pas leur cible et qui restent là, coincées sur le mot, amères et inutiles.

Enfin, bref.

Le frigo est vide de chez vide, même pas un jus d'orange entamé ou un pot de fromage blanc périmé. La perspective générée par les armoires n'est pas plus réjouissante, à moins de penser qu'un peu de moutarde sur une biscotte, agrémentée d'un paquet de pois chiches à réchauffer au micro-ondes puisse représenter un en-cas attractif.

Alex reste longtemps devant le spectacle désolant des étagères vides et du frigo déserté, et se promet de remédier à la situation. C'est quand même légèrement décevant. L'année dernière, quand il rêvassait à sa première année universitaire, il se figurait un appartement chaleureux sous les toits, avec des amis qui passaient jour et nuit, apportaient du vin, de la bière, de la vodka, de quoi fumer un peu – et aussi des victuailles.

Non. À bien y réfléchir, Alex admet qu'il n'a jamais été question de victuailles, dans ses rêveries. La nourriture allait de soi – comme le chauffage central ou le papier toilette un tant soit peu moelleux. Il se disait qu'avec sa bourse et l'argent qu'il gagnerait comme moniteur de colo en été, il aurait largement de quoi joindre les deux bouts.

Sauf qu'ils ne se joignent pas du tout, les deux bouts.

Entre les frais d'emménagement, les premières courses, la carte de bus, les fournitures scolaires, le forfait téléphonique et la pendaison de la crémaillère, ses économies ont fondu comme neige au soleil. Bien sûr, sa mère lui a dit et répété que, s'il avait besoin d'argent, il fallait qu'il lui en demande, mais Alex se refuse à cette éventualité. D'abord, parce qu'il a sa fierté et qu'il s'est toujours promis qu'il parviendrait à surnager financièrement lorsqu'il serait jeté dans le grand bain, et aussi parce qu'il sait que, même si sa mère est prête à se saigner aux quatre veines pour lui, elle ne roule pas sur l'or. Elle travaille comme secrétaire dans une PME, à soixante kilomètres de la ville universitaire. Le samedi, elle donne un coup de main à une copine qui tient un magasin de fringues. C'est le royaume de la débrouille, et sa mère se débrouille plutôt bien. Enfin, dans le domaine financier. Parce que sentimentalement, c'est une autre histoire. Elle cumule les aventures qui commencent bien et se terminent en eau de boudin. Alex a déjà tenté de lui faire comprendre que ce qu'un homme veut, avant tout, c'est se sentir libre de ses mouvements, et que ce n'est pas obligatoirement une bonne idée de proposer rapidement la cohabitation ou de projeter, d'emblée, des vacances communes au bord de mer – mais c'est plus fort qu'elle. Il faut qu'elle plonge dans la relation comme si sa vie en dépendait, et qu'elle regarde les amants de passage comme des princes charmants potentiels. Du coup, chaque fois, le mec prend ses jambes à son cou. La mère d'Alex – Catherine – se lamente, reste allongée sur son lit des dimanches entiers, jure qu'on ne l'y reprendra plus ; et quelques semaines plus tard, tout recommence.

Catherine a eu Alex jeune. Beaucoup trop jeune. Elle a accouché quelques jours après ses dix-huit ans. Pourtant, elle n'a jamais considéré Alex comme un bâton dans les roues de son destin. Au contraire. Il a soudainement donné un sens à sa vie. Elle qui avait tendance à se laisser porter par le courant et à voir venir, avec un air désabusé, s'est prise en charge du jour au lendemain. Elle a recommencé des études, abandonnées quelques mois auparavant, a passé un BTS, s'est spécialisée dans les langues étrangères et a décroché très vite son premier emploi. On admirait son courage et sa ténacité. Même ses parents, d'abord outrés par la grossesse de leur fille, ont été obligés de se rendre à l'évidence – la petite s'en sortait bien. Et le gamin ne semblait pas trop souffrir de la situation. Au bout d'un moment, ils ont décidé de venir en aide à Catherine, pour la garde d'Alex. Elle a pu de nouveau sortir le samedi soir – mais, entre-temps, un fossé s'était creusé entre elle et ses anciennes amies. Elle est allée quelquefois au restaurant ou au cinéma avec le père d'Alex, mais il était si gauche, si paniqué par la tournure des événements, et si intimidé par la stature qu'avait acquise Catherine en quelques mois, que ces rendez-vous étaient une accumulation de maladresses, de phrases inachevées et d'étreintes bâclées.

Le père d'Alex – qui, comme tous les Jean-François du pays se fait appeler Jeff – était passé par toutes les couleurs de l'arc-en-ciel quand Catherine lui avait annoncé qu'elle était enceinte, et s'était ensuite concentré sur les couleurs les plus pâles du spectre quand elle lui avait révélé qu'elle ne souhaitait pas avorter. Ils sortaient ensemble seulement depuis trois mois. Jeff était en première année de fac d'histoire. Il voulait devenir instituteur, comme son père. Il y était parvenu, au bout de quelques ratages de licence et de concours. Entre-temps, il était tombé amoureux d'une autre fille qu'il avait épousée et avec qui il avait eu deux enfants. Il habitait maintenant à huit cents kilomètres, près de l'océan. Alex le voyait deux fois par an, jusqu'à ses seize ans. Jusqu'à ce qu'il exprime le désir de ne plus se rendre à Arcachon – les relations qu'il entretenait avec sa belle-mère n'étaient pas au beau fixe, et ses demi-sœurs étaient en train de devenir des pétasses consuméristes qui aimaient, avant tout, se prendre mutuellement en photo avec leurs téléphones portables.

Alex n'aurait jamais eu idée de demander l'aide pécuniaire de son père, qui, d'ailleurs, s'était bien gardé de la lui proposer.

Dans la toute petite cuisine – que l'agence immobilière avait essayé de valoriser en la nommant « kitchenette très fonctionnelle » – Alex dresse une liste mentale des solutions qui s'offrent à lui. Le prêt bancaire est exclu. Le recours à des emprunts divers auprès de ses amis également – il n'a que de vagues connaissances dans cette ville, à part Bastien, tout autant fauché que lui. Trop tard pour postuler à un emploi de surveillant dans un collège ou un lycée. Reste la restauration rapide – le fameux mi-temps dans un fast-food pour rentrer chez soi en sentant la frite et le détergent – possible, mais peu tentant. À accepter en dernier recours. Recours. Cours. Les cours particuliers – oui, ça, c'est une ouverture. En anglais, bien sûr, puisque ce sont les études qu'Alex a choisies. En espagnol aussi, mais seulement au niveau collège. Aucun espoir du côté des matières scientifiques. Le français, pourquoi pas ? Sauf qu'il n'a jamais vu personne prendre des cours particuliers de lettres.

Immobile devant les placards ouverts, Alex rédige une annonce virtuelle. *Étudiant en première année d'anglais donne cours de langue vivante tous niveaux. Aide aux devoirs.* Rajouter *sérieux et motivé*, ça fait toujours une bonne impression.

Alex suppose qu'il suffit d'avoir un premier contact, et ensuite, le bouche à oreille peut fonctionner. Il a confiance en son apparence physique. Avec son mètre quatre-vingt-treize et ses soixante-quinze kilos longilignes, il sait qu'il en impose et qu'il est à même de rassurer les parents. Il ne se laissera pas déstabiliser. Il se souvient de la réaction des profs, parfois, au lycée, quand il entrait dans la salle de classe pour la première fois. Le pic d'adrénaline devant ce corps monté en graine qui semblait ne jamais devoir s'achever. Ils avaient besoin de temps pour revenir de leur frayeur initiale et reconnaître que, non, Alex n'avait rien d'un délinquant en puissance. Plutôt l'allure d'un joueur de basket nonchalant et pacifiste. Il en avait fait du basket, Alex, mais il avait arrêté à seize ans. Les études empiétaient sur le sport – et il se fatiguait de l'ambiance des vestiaires et des troisièmes mi-temps obligatoires.

Dans l'appartement du dessus, le bébé des Guilbert se réveille en hurlant.

Les pas de Marianne Guilbert, précipités – ceux de son mari, tout autant stressés. Les Guilbert ne sont pas des parents calmes, et ils ont, de ce fait, mis au monde un bébé anxieux, qui se réveille quatre à cinq fois par nuit et les fait se consumer d'inquiétude. Chaque fois qu'Alex croise Mme Guilbert, elle a les traits un peu plus tirés et la mine un peu plus lugubre. Elle se demande si c'était ça, la maternité. Elle regrette. Elle tente de lutter contre l'infamie de ce sentiment, mais oui, elle regrette. Elle a à peine trente ans, et déjà, elle est vieille.

Alex devine tout ça. En l'observant. En la humant. À cause du léger soupir qui se détache d'elle lorsqu'elle croise quelqu'un. Il a toujours été sensible aux autres, à leurs odeurs, à leurs textures, à leurs messages corporels. Déjà petit, il semblait pénétrer les histoires de ses proches, comme une sorte de pommade – sauf qu'il ne soignait rien. Il n'en a jamais parlé. Il sait très bien que ses interlocuteurs le regarderaient bizarrement et s'éloigneraient. Or Alex ne veut pas qu'on s'éloigne de lui. Alex a besoin, au contraire, de proximité. C'est pour ça qu'il a choisi cet appartement un peu au-dessus de ses moyens, en centre-ville – et pas la chambre universitaire qui lui tendait les bras, au-delà du boulevard périphérique. Alex veut être là où le cœur bat. Écartelé entre les poumons de la cité, quitte à en être asphyxié. Un animal urbain et social – c'est là son point faible. Sa mère le lui a déjà répété – *c'est sur toi d'abord que tu dois compter* –, mais Alex hausse les épaules. Il ne changera pas d'un pouce.

C'est un appartement minuscule de deux pièces et demie (la demie, c'est la *kitchenette très fonctionnelle*), niché dans un lieu improbable – un demi-étage. En fait, il faut monter l'escalier jusqu'au deuxième, emprunter un morceau de couloir dissimulé, sur la droite, redescendre quelques marches et on se trouve face à la porte de cette extension inutile et décalée – un studio très ancien qui a dû cacher de nombreux adultères, voire servir de refuge à quelques catins embourgeoisées. Catherine trouve que cela sent le moisi. Les copains d'Alex trouvent que c'est vraiment très cher. Alex s'en moque éperdument. Il est amoureux de son appartement. Même si ses nuits sont régulièrement troublées par les pleurs du bébé Guilbert.

Et surtout par les angoisses de ses parents. Eux, ce dont ils auraient vraiment besoin, c'est d'une baby-sitter.

Et soudain, l'illumination.

Alex ne le sait pas encore, mais il repensera souvent à ce moment-là : le milieu de la nuit, le demi-étage, les placards ouverts, la décision de se faire un thé – il paraît que ça cale les estomacs creux.

Le moment où l'idée s'est imposée, dans toute sa simplicité – une femme nue sortant de la rivière, inconsciente des regards qui l'épient, par-delà les fourrés.

Baby-sitter.

Oui, ça peut être dans ses cordes.

À condition que les enfants aient au moins trois ou quatre ans, qu'il ne faille pas changer les couches – à condition, donc, qu'on n'ait pas besoin de puéricultrice.

Alex n'a pas beaucoup l'habitude des enfants, mais il se débrouille plutôt bien avec ses petits cousins et avec le frère de son ex, un monstre de neuf ans, accro à la Wii et qui s'exprime avec à peu près autant de clarté qu'un androïde défectueux. Et ce serait une bonne expérience, comme les cours particuliers. Dans la brume de son avenir, Alex entrevoit la possibilité de devenir prof ou instit – même si ce désir n'a encore que de vagues contours. Ce serait peut-être justement l'occasion de vérifier si cette chimère pourrait se transformer ou non en réalité.

Alex referme les placards, verse l'eau frémissante sur le sachet de thé au cassis, prend un des blocs-notes qui trônent à côté de son téléphone – Alex adore les blocs-notes, il aurait même pu en faire une collection, s'il était collectionneur dans l'âme, sauf qu'il déteste les collectionneurs dans l'âme – et y inscrit ces quelques mots. *Cours particuliers. Sérieux et motivé. Baby-sitter. Disponible 24 heures sur 24, 7 jours sur 7.* Il ajoute *Service après-vente*, et cela le fait sourire – service après-vente de baby-sitting, on imagine très bien ce que ça peut donner.

C'est là que le bât blesse – et Alex s'en rend évidemment compte. Baby-sitter, c'est un nom féminin, comme puéricultrice, justement, ou comme caissière. Malgré une supposée évolution des mœurs, les mères (et, pire encore, les pères) imaginent difficilement laisser leurs enfants à une baby-sitter mâle. Mesurant un mètre quatre-vingt-treize. Et s'exprimant avec une voix de basse. Encore que, la voix de basse, c'est plutôt rassurant. Ça évoque l'expérience, les années qui défilent et les épaules larges – qu'Alex n'a pas, puisque les siennes tombent et supportent des bras immenses qui pendent le long de son corps, inutiles et encombrants.

OK – c'est un problème.

Il risque d'attirer les tordus, les pervers et les nymphos.

Mais ce n'est pas comme s'il croulait sous les opportunités.

Et sa priorité, ce sont les cours particuliers. Il mettra l'annonce pour le baby-sitting afin de se donner bonne conscience, mais il précisera bien « Étudiant » sans « e » final –, et il n'aura probablement aucun coup de fil pour cet emploi-là. Il aura quand même essayé. *Qui ne tente rien n'a rien* – comme le répète à l'envi sa belle-mère, celle avec laquelle il ne s'est jamais entendu. Elle a raison. Elle a tout tenté pour qu'Alex (vu sous l'angle « produit des amours passées de mon mari ») ne remette pas les pieds chez elle et, après quelques années, elle est parvenue à ses fins.

Le petit Guilbert s'est calmé. Marianne Guilbert, assise sur le canapé, doit le tenir dans ses bras. Elle attend que son mari l'appelle et cède – oui, ils peuvent dormir tous les trois dans le même lit, du moment qu'ils dorment, au moins un peu. Alex s'affale sur son matelas et s'assoupit presque instantanément. Il a beaucoup trop réfléchi à son avenir immédiat – il est épuisé.

*

* *

Le lendemain matin, il se retrouve à la boulangerie de son quartier, avec ses petits papiers à la main. Alex a un faible pour les boulangères. Surtout ces femmes de trente-cinq, quarante ans, permanentées, décolorées et habillées de jeans trop serrés. La première femme dont il soit tombé amoureux tenait la boulangerie à côté de chez ses parents. Il avait dix ans.

Il bégaye quand il doit s'expliquer, une fois sa baguette achetée. La boulangère lui sourit. Elle lui indique une place libre sur le devant de la caisse, près de la photo d'un chat égaré. *Étudiant sérieux et motivé donnerait cours de langues (anglais, espagnol) tous niveaux jusqu'à terminale. Baby-sitting également.* Suivi du numéro de portable.

Des petites bandes de papier prédécoupées pour que les clients puissent les emporter. La boulangère lève un sourcil – le gauche. « C'est vous, pour le baby-sitting ? – Euh… oui. – Eh ben, c'est pas courant, pour un garçon, je veux dire. »

Des chapelets de réponses se forment dans l'esprit d'Alex – des arguments ayant à voir avec le rôle du père, le modèle masculin, la nécessité de combattre les préjugés – mais il ne parvient qu'à balbutier quelques mots inintelligibles. De toute façon, la boulangère n'écoute pas. Elle se tient un peu en retrait, les poings sur les hanches, dans une attitude de réflexion intense. Puis, tout à coup, elle lance : « Et samedi soir, vous seriez libre ? » La semaine défile devant les yeux d'Alex. Il y a bien quelque chose d'envisagé – une soirée à boire de la bière chez un mec de la fac – mais rien n'a réellement été fixé. Et il a vraiment besoin d'argent. « Euh… oui. – Vous avez de l'expérience ? – J'ai déjà gardé des enfants, mais sans être payé. » La boulangère éclate de rire. « Ce qui est sûr, en tout cas, c'est que vous savez pas vous vendre. » Alex se sent rougir jusqu'à la racine des cheveux. « Ce n'est pas grave, parce que j'aime pas beaucoup les bonimenteurs. On entend tellement de conneries dans une journée, c'est pas la peine d'en rajouter. Bon, eh ben, vingt heures trente, samedi ? Justement, on s'était dit avec mon mari qu'on sortirait bien pour un coup, c'est pas arrivé depuis des lustres. Toute façon, on rentrera pas tard, parce qu'il faut qu'il se lève à cinq heures, c'est qu'on est ouvert le dimanche, nous, on n'est pas fonctionnaires. – Moi non plus. » Elle repart à rire. « Ben non, sinon, vous feriez pas baby-sitter ! – Et je ne donnerais pas de cours particuliers. – Alors là, les cours particuliers, sauf votre respect, je pense que vous pouvez aller vous brosser. Entre les études, les aides au devoir et les organismes privés, les cours, ça paie plus. Je le vois bien ici, il y a personne qui les prend, les papiers. Par contre, les gens font toujours des gosses et il y a toujours un moment où ils regrettent d'en avoir fait, alors, baby-sitter, masculin ou féminin, c'est toujours porteur. Bon, alors huit heures et demie, vous sonnez à la porte d'à côté du magasin, on habite au-dessus. Toute façon, les gamins, ils sont au lit à cette heure-là normalement, vous bilez pas, vous les verrez même pas, si ça se trouve. – Vous ne voulez pas que je passe avant, pour les rencontrer ? – Pensez donc, c'est pas la peine ! – Ils ont quel âge ? – Huit et dix. Ils nous serinent qu'ils ne veulent plus de baby-sitter, mais je sais ce qu'ils vont faire s'il y a personne pour les surveiller. Ça va être Internet et tutti quanti, et les sites porno, et les jeux de guerre, et tout et tout. Si je leur dis que c'est un mec qui vient les garder, ils vont se tenir à carreau. Je vous promets pas qu'ils dormiront, mais ils resteront sûrement couchés. Enfin, vous pourrez toujours aller les voir si vous avez envie. – D'accord. – Bon, ben, c'est vendu. Mais c'est pas pour ça que je vous offre la baguette ! Ah, au fait, je m'appelle Mélanie. – Alex. – Alexandre ? – Non, Alex tout court. – Enfin tout court, c'est vous qui le dites ! » Nouvel éclat de rire.

Quand Alex sort de la boulangerie, il a un léger vertige. Il avait prévu ça autrement. Comment exactement, il n'en a aucune idée, mais en tout cas pas si rapide. Il ne saurait pas dire s'il est content ou paniqué. Les deux à la fois, sans doute.

*
* *

Le samedi soir, Alex est ponctuel. Il retrouve la boulangère, apprêtée comme pour un mariage kitsch, escarpins dorés, robe beaucoup trop légère pour cette mi-janvier pluvieuse. Son mari – pas mieux, dans un costume qu'il ne doit pas avoir porté depuis le jour de son mariage, l'air embarrassé, légèrement rougissant. Et le mot de sa femme, ponctué de son éclat de rire traditionnel : « Au moins, cette baby-sitter-là, je suis sûre que tu ne seras pas tenté de lui sauter dessus. Et pas besoin de le ramener, il habite à deux pas. » Les enfants sont dans leur chambre, comme convenu. Le couple part dans un tourbillon de notes parfumées. Elle doit avoir vidé la bouteille qui lui restait de la Saint-Valentin, histoire de se faire offrir la même la prochaine fois.

Le silence dans l'appartement, soudain.

Alex ne sait pas trop quoi faire de son corps. Il a apporté son livre de vocabulaire anglais et la *Grammaire de l'étudiant*, pour réviser les cours de la semaine passée. Il n'a pas tout saisi à l'emploi des pronoms relatifs, c'est l'occasion ou jamais. Sauf qu'il ne parvient pas à se concentrer. Il s'est assis tout au bout du canapé, dans la posture de l'invité attentif aux discours des hôtes. Il tente bien une ou deux fois de s'enfoncer dans le sofa, mais il ne se sent pas à l'aise. Il se lève. Il se trouve inutile. Il commence à inspecter la pièce, à laquelle il n'a pas réellement prêté attention. Un salon assez neutre, dans les beiges cassés et les verts. Deux reproductions de tableaux – les *Tournesols* de Van Gogh, et un Paul Klee inattendu. Des étagères en pin. Une table basse en verre. Un coffre à alcool avec une ancre dessinée sur le dessus.

Étrange.

Alex s'attendait à du pelucheux, du rose – ou plutôt du fuchsia –, ou à des vaisseliers lourds, des meubles faussement rustiques. Même les lumières – indirectes et discrètes – manquent de clinquant. Pénétrer dans les demeures des autres, par effraction consentie, c'est d'abord casser tous les stéréotypes. Il s'approche des étagères. Quelques beaux livres, *La Terre vue du ciel* et les *Merveilles des Galapagos*. Deux ou trois best-sellers. Quatre ou cinq policiers, dont une trilogie célèbre. Et un roman américain qui vient de sortir et a reçu d'excellentes critiques. Le prof de civilisation leur en a d'ailleurs conseillé la lecture.

Alex sent soudain les images mentales bouger et le portrait de la boulangère s'éclairer différemment. Donc elle lit, parfois, et pas que des magazines people (même s'il y en a effectivement dans le porte-revues à côté du canapé). Et elle a pour la décoration intérieure une absence de non-goût plutôt enthousiasmante. À moins que ce ne soit son mari – va savoir ? Comment se sont-ils rencontrés ? Est-ce qu'ils ont toujours voulu de cette vie-là ? Et quels sont leurs projets ?

Alex feuillette le roman américain – la vie d'un couple bouleversé par le 11-Septembre – et le referme brusquement en se sentant épié.

« Maman le lit par petits bouts. Elle pleure trop, sinon. »

Dans l'embrasure de la porte, un petit blond dont les traits rappellent plus ceux de la mère que du père. Plusieurs réactions possibles s'offrent à Alex. Avant qu'il ait pu réellement en choisir une, il opte pour la discussion à bâtons rompus.

« Comment tu le sais ? – Je la regarde, quand elle lit. Et j'essaie de lire avec elle. Mais elle veut pas. –Elle a raison, c'est un livre pour les adultes. – J'ai lu le début quand elle était pas là. J'ai rien compris. – Tu vois ! Comment ça se fait que tu ne dors pas ? – Je suis pas le seul. Brian, il joue à la DS. – Et c'est interdit ? » Le gamin hausse les épaules. Il y a un léger moment de silence qu'Alex rompt en tendant la main au marmot. « Je m'appelle Alex. – Je sais, maman nous a dit. – Par contre, elle ne m'a pas donné vos noms. – Elle a d'autres chats à fouetter. Je m'appelle Hadrien, avec un H. – Bonjour, Hadrien avec un H. Ce n'est pas courant comme prénom, ça. – C'est maman qui l'a choisi. Papa, il a choisi Brian, parce que c'était l'aîné. Et toi ? – Moi, quoi ? – Qui c'est qui t'a appelé Alexandre ? – Je ne m'appelle pas Alexandre. – Alexis ? – Non plus. Alex tout court. – C'est bizarre. – C'est comme Hadrien avec un H. »

Le sourire du gamin – un peu timide. Les yeux, eux, restent profondément sérieux – avec, au fond, un vent de panique.

« Tu n'arrives pas à dormir parce que tes parents sont sortis ? » Nouveau haussement d'épaules. « Je suis inquiet. – Tu sais, ils ne vont pas rentrer tard. – C'est pas ça qui m'inquiète. – Ah, bon. C'est quoi qui t'inquiète, alors ? – De savoir si c'est ce soir qu'ils divorcent. » Alex voudrait répondre, mais il est tellement interloqué que rien ne vient. « Pourquoi tu dis des trucs comme ça ? – Ils arrêtent pas de s'engueuler en ce moment. Elle, elle en a marre de la boulange. Et lui, il en a pas marre. Ni d'elle ni de la boulange. – Et elle, elle en a marre de lui ? – Elle a rien dit. – Tu sais, quand ils sont partis tout à l'heure, ils avaient l'air très amoureux. – Tu trouves ? – Absolument. Ils ont probablement seulement besoin de se voir en tête à tête de temps en temps. Tu sais ce que ça veut dire, *en tête à tête* ? – Je suis pas crétin. Je suis en CE2 et j'ai des bonnes notes. – OK. Alors tu comprends que, parfois, les couples avec enfants, ils ont envie d'exister aussi en tant qu'amoureux. – T'en as des enfants, toi ? – Non. – Alors comment tu peux savoir ? – Hadrien avec un H, un point. » Le gamin rougit un peu. Il se dandine, mais le sourire est plus franc. Une autre silhouette s'encadre dans la porte. L'aîné. Même tête, sauf le regard. Le regard est dur. C'est un regard d'adolescent, déjà. « Ducon, tu sors pas des salades sur les parents à des gens qu'on connaît pas ! – Il la connaît un peu, maman, et je m'appelle pas Ducon ! – Viens te coucher ! – À condition que t'arrêtes la DS ! – Cafteur ! »

Alex crie « Temps mort ! » et les deux gamins sont tellement surpris qu'ils en oublient de continuer l'invective. « Écoute, Brian, ton frère a besoin de parler parce qu'il ne parvient pas à dormir, c'est tout. Mais je suis d'accord avec toi, il ferait mieux de te parler à toi plutôt qu'à moi. Tu veux dormir dans sa chambre ? – Hein ? Pas question ! – Bon, alors tu le laisses tranquille. Vous allez tous les deux au lit et c'est l'extinction des feux immédiate. Compris ? »

Alex ne se reconnaît pas. Il repense à des séries télé sur l'armée américaine, des reportages sur les unités d'élite au Vietnam, sur les brigades d'intervention française. Il a également une vision fugace de sa mère en train de hurler la même chose, il y a une dizaine d'années. Est-ce que, quand on devient parent, on répète fatalement les phrases qu'on a entendues enfant ? Alex se dit qu'il doit mettre cette pensée dans un coin de sa mémoire et y revenir quand il aura le temps. Il se demande si c'est ça, l'autorité – utiliser un vocabulaire militaire en forçant la voix. Brian et Hadrien avec un H baissent la tête et retournent dans leurs chambres respectives sans mot dire. Mine de rien, cela déprime Alex. Il n'a pas envie de recourir à la force. Alors il les suit, il négocie avec l'aîné un quart d'heure supplémentaire de jeux vidéo et ensuite, juré, craché, on dort ; et il va s'asseoir sur le lit d'Hadrien. Le gamin a la tête tournée vers le mur. Alex lui passe la main dans les cheveux. Hadrien ne se retourne pas, mais il chuchote. « Tes parents, ils sont divorcés ? – Oui. – Ah.

Et c'était dur ? – Quoi ? – Le divorce. – Pas trop. Mais tu sais, mon père est parti quand j'étais tout petit. – Tu vivais avec ta mère, alors ? – Oui. – Moi aussi, je préférerais vivre avec ma mère. – Arrête de te faire du mauvais sang. Tout va bien. Ils vont rester ensemble. – Quand ils crient, je me mets la tête sous l'oreiller et je fais des prières. – Des prières ? – Comme ils nous apprennent à l'école. – Ah. – Tu fais jamais de prières, toi ? – Non, je fais des listes. – Des listes ? – Des listes de ce que je dois faire le lendemain ou plus tard. Des listes de trucs que je veux accomplir dans ma vie. De mes rêves, de mes projets. Et je les relis régulièrement. – C'est comme si tu te faisais des prières à toi-même, alors. – Un peu. – Tu crois pas en Dieu ? – Dors. »

Alex reste encore un peu.

Il passe sa main dans le dos d'Hadrien avec un H jusqu'à ce que sa respiration devienne régulière et profonde. Il n'y a plus un bruit dans la chambre de l'aîné.

Au salon, Alex regarde par la fenêtre l'avenue Général-Leclerc. Il se dit qu'il se souviendra toujours de cette vue-là. La pièce plongée dans la pénombre. Les réverbères. Et la somme de tout ce qu'on apprend sur les gens qui vous confient leur maison, leurs enfants, toutes les clés de leur vie. L'école privée, la boulange, la lecture, les dissensions, les déséquilibres, les romans, la violence rentrée, l'amour qui tente de percer. La fragilité de tout ça. Vingt euros les trois heures de viol.

Vingt euros et un livre.

C'est elle qui le lui a donné, quand ils sont revenus. Il avait commencé à le lire – une vingtaine de pages, puis il s'était assoupi dans le canapé. Il avait été réveillé par le bruit de la clé dans la serrure. Il était minuit et demi – bonne indication que la soirée s'était bien passée. Elle était arrivée, un peu essoufflée, un peu rouge, avec du rire dans la voix. Un début d'ivresse volubile. Elle parlait du restaurant à Alex comme s'il avait été un proche. Le mari était arrivé quelques minutes plus tard, le temps de garer la voiture.

Le livre gisait, retourné comme un poisson mort, sur le parquet. Elle avait souri.

« Vous l'avez commencé ? – Oui… Je suis désolé, je… enfin… – Non, non, au contraire, cela me fait plaisir. Faites comme chez vous quand vous êtes ici. Tiens, je vous le donne, moi, je ne veux plus le lire, c'est vraiment… Enfin, ce ne doit pas être le bon moment. – Mais je… – J'insiste. C'est comme si… Vous croyez, vous, que certains livres ou certains disques portent malheur ? – Je n'y ai jamais réfléchi. – Alors, n'y réfléchissez jamais et emportez-le. Et, tiens, là, voilà vos vingt euros. Ça s'est bien passé, au fait ? – Impeccable. – Ils ne se sont pas réveillés ? – Un peu, mais ils ont été très obéissants. – Bien, bien, très bien. Vous reviendrez, hein ? » Elle a un petit rire aigrelet. « Je crois qu'on va remettre ça plus régulièrement. »

En retournant chez lui, Alex laisse le livre en évidence sur le banc d'un Abribus. C'est à cause de cette histoire de porte-malheur. Il a beau affirmer qu'il n'est pas superstitieux, il ne voudrait pas qu'un roman à peine commencé lui porte la poisse. De toute façon, il n'aimait pas le style.

*
* *

« Vous lui avez fait quoi, à Hadrien ? »

La tonalité est légèrement agressive, mais le sourire est intact et les yeux pétillent. Alex bredouille que rien, pourquoi ? « La première chose qu'il m'a demandée ce matin, c'est quand vous reviendriez. Vous ne m'aviez pas dit qu'il s'était levé ! – Il n'arrivait pas à trouver le sommeil. – Et vous avez parlé avec lui ? – Un peu. – Il vous a raconté quoi ? – Rien de précis. Il voulait savoir des trucs sur moi. Puis je suis allé l'aider à se rendormir. » La boulangère se détend. Elle rajuste son bustier. « Ah, celui-là, je vous jure ! » mais Alex ne parvient pas à savoir si elle parle de lui ou de son fils. « En tout cas, il vous aime bien. – Tant mieux ! – Je vous rappellerai bientôt. – En même temps, je viens tous les jours. » La boulangère lance un de ses fameux rires un peu trop haut perchés et lui tend une baguette et un pain au chocolat qu'il n'a pas commandés. Elle lui fait un clin d'œil. Puis elle s'adresse au client suivant. « C'est mon nouveau baby-sitter. Il fait des miracles. » L'homme opine du chef et se concentre sur la vitrine des viennoiseries. Alex est sur le point de sortir quand la boulangère le hèle de nouveau. « Vous allez voir, je vais vous faire de la pub. Parole de Mélanie ! »

Mélanie, donc.

Mélanie, son mari, Hadrien et Brian. Tout ça ne va pas très bien ensemble, se dit Alex, juste avant de se reprendre. Que ça colle ou non, ce ne sont pas ses oignons. Lui, il doit d'abord se concentrer sur la pénurie dans son frigo.

II

Dix-huit heures, le lendemain.

Le bébé Guilbert est en crise. Alex tente de se concentrer sur ses exercices de grammaire – les causatives, *il m'a fait rire, j'ai fait réparer ma voiture, je vais faire repeindre ma chambre, elle m'a fait peur* – quand le portable sonne. Numéro inconnu. La voix est grave, voilée, comme embarrassée. « Je… excusez-moi, j'ai eu votre numéro à la boulangerie. C'est vous qui faites de la garde d'enfants ? »

Incroyable.

Alex envisage un instant un avenir débordé. Il a quitté la fac d'anglais depuis longtemps pour ouvrir une agence de baby-sitters. Il règne sur une armée de travailleuses et de travailleurs à mi-temps, et il couvre de ses graffitis des tableaux entiers de plages horaires. Le bureau est climatisé. Sur la vitrine, le nom de l'entreprise. Alex and Co. *Aide à la personne*.

Rendez-vous est pris, le lendemain, à dix-huit heures. Parce que, cette fois, il faut rencontrer les enfants, qui ont six et neuf ans. Deux filles. Très gentilles, paraît-il. Ayant eu l'habitude d'être gardées les années précédentes, mais bon, la situation a un peu changé. Alex n'a pas poussé le bouchon plus loin, il a cependant senti la sueur perler dans son dos. Il a tout de suite imaginé l'irréparable, le décès de la mère ou son internement pour dépression – quelque chose dans le ton de la voix, une tristesse enfouie. Un événement plus perturbant que le divorce. Lorsqu'il raccroche, il reste à Alex un arrière-goût dans la bouche. Pour un peu, il rappellerait derechef et trouverait une excuse bidon, mais il ne parvient pas à s'y résoudre. L'homme qui a appelé a besoin d'aide. Alex secoue la tête. Si ça se trouve, il n'y a rien du tout. Un dîner d'anniversaire de mariage. Une fête à laquelle les enfants ne sont pas conviés.

Alex reprend le cours de ses exercices mais la phrase suivante, c'est *il m'a fait de la peine* et il ferme le livre d'un coup sec. Il se retrouve dehors sans même y avoir réfléchi. Fin de novembre. Temps maussade, la pluie encore et toujours. Le froid est sournois et ne s'insinue qu'après quelques minutes, saisissant la peau détrempée. Alex pousse la porte du Quatre-Vents, le café qui lui servait de QG jusqu'à ce qu'il n'ait plus d'argent à dépenser. Le bruit le cueille d'emblée. C'est l'heure de l'apéritif. Le bar est plein. La musique est assourdie par le volume des conversations. Il est en train de regarder au fond de la salle pour voir s'il connaît quelqu'un quand Bastien lui tape sur l'épaule et l'entraîne. Voilà. C'est exactement ce qu'il lui fallait. Un décideur. De la vie qui grouille et qui vocifère. Et de l'alcool. Avant de tout oublier, Alex a le temps de regretter d'avoir jeté le roman offert par Mélanie-laboulangère. Cela lui aurait fait un souvenir de la soirée – les vingt euros, eux, vont disparaître rapidement.

*

* *

Lorsque Alex jette un premier coup d'œil à son radio-réveil le lendemain, il est onze heures et quart. Il peste – il a déjà manqué le cours de civilisation américaine et celui de phonétique.

Lorsqu'il se réveille totalement, il est treize heures trente et là, la journée de cours est totalement foutue. Il soupire un grand coup. Il a la bouche pâteuse, évidemment, et un fond de mal de tête qui va avoir du mal à partir. Il essaie de remettre ses souvenirs en ordre. Il y a eu beaucoup de gin – et le gin, chez Alex, passe assez mal. Il y a eu cette fille. Marion. C'est ça. Marion. Un rire aussi clair que ses yeux. Il se revoit marcher dans les rues avec elle – il devait être trois ou quatre heures du matin. Alex s'étire en laissant entendre un grand bâillement. Marion, donc.

C'est là que la main droite d'Alex touche des cheveux.

Il sursaute. Son cœur bat à tout rompre. La forme à côté de lui gémit doucement. Puis se tourne. Laissant découvrir une chute de reins définitivement féminine. Les images se télescopent dans le cerveau d'Alex.

Il se lève doucement – le corps de Marion ne bouge pas d'un pouce. Alex se retrouve dans la kitchenette, ses habits à la main. Les brumes ne se sont pas encore tout à fait évaporées. Un petit déjeuner – voilà, c'est la priorité. Il sort de l'appartement à pas de loup et descend l'escalier dans un état second. Il a beau fouiller dans sa mémoire, il ne trouve pas la réponse à la question essentielle. Est-ce qu'ils ont ?

Non.

Pas possible.

Il s'en souviendrait.

Il s'est déjà mis la tête à l'envers plusieurs fois, mais pas au point d'oublier un échange de fluides. Non. Décidément, non. Trop tard. Trop saoul. L'alcool et le sexe ne font pas bon ménage chez Alex. Merde. Une occasion ratée. Et maintenant, on fait quoi ?

Mélanie, la boulangère, est toujours pimpante. Pour la première fois, Alex remarque à quel point elle parle fort et à quel point sa voix vrille les oreilles à la manière d'une perceuse à percussion.

« Eh ben, c'est à cette heure-ci qu'on se lève ! – Mmh… malade. – Malade, mon œil ! Gueule de bois, oui ! Tu pues l'alcool à cent mètres ! »

Le tutoiement heurte Alex. Et le vexe profondément. Ils ne se connaissent pas – et Alex a l'impression désagréable d'être infantilisé. Cela n'arrange pas le tambourinement dans son crâne ni l'humeur de chien qui commence à filtrer. Il prononce « fête » et enchaîne sur « j'ai le droit, non ? » le ton est tranchant aux entournures. Mélanie hoche la tête. « Ah, là, là, c'est la belle vie, hein, étudiant ? » et Alex sent les vipères dans sa bouche se mettre à bouger. Les phrases qu'il pourrait prononcer. *Si c'était la belle vie, je n'en serais pas réduit à faire du baby-sitting chez toi*. Ou encore – *T'es jalouse ? T'avais qu'à faire des études au lieu de faire des mômes*. Il inspire un grand coup et se contente de la commande. Une petite, un pain au chocolat. Non, deux. Et une baguette viennoise. Le rictus de Mélanie. « Ah, je vois, monsieur n'est pas rentré tout seul ! – Un ami qui ne va pas bien. Vient de perdre ses parents dans un accident de voiture. » Le visage de Mélanie – toutes les couleurs disparaissent. Elle se mord les lèvres. Elle murmure qu'elle est désolée. Alex hausse les épaules et répond : « Vous n'y êtes pour rien », en insistant imperceptiblement sur le « vous ». Il sort du magasin avec dignité. Basse vengeance. Mensonge éhonté. Sauf que de la honte, là, tout de suite, il n'en ressent pas. Il est juste content de lui avoir fermé son clapet. Même s'il sait que, des regrets, il va en avoir, bientôt. C'est ça, le truc, avec les mensonges. Sur le coup, c'est jouissif. C'est par la suite que ça se complique.

En passant devant l'Abribus, il jette un coup d'œil sur le banc. Le livre n'est plus là. Il repense à Hadrien et à son frère Brian. Aux étagères. À la déco. Il se dit qu'il est injuste avec Mélanie. Elle vaut mieux que le rôle qu'elle joue tous les matins derrière la caisse. Il n'aurait pas dû inventer cette histoire. Trop tard, maintenant, va falloir faire avec. Une fille dans son lit. Un bon gros bobard.

Riche journée.

Mais quand Alex revient dans l'appartement, il remarque tout de suite la discrète altération de l'atmosphère. Une tasse de café à moitié vide. Un torchon par terre. Elle est partie, avec les réponses qu'elle aurait pu donner. Est-ce que vraiment ils n'ont pas ? Elle a tout de même laissé un mot avec son nom – qu'Alex n'avait pas oublié – son adresse et son numéro de téléphone. Et une petite phrase griffonnée : « Dès que tu-nous irons un peu mieux. »

Alex se rend compte qu'il a une faim de loup. Coup de bol – il a deux pains au chocolat pour lui tout seul.

*

* *

C'est un pavillon sans charme dans un quartier calme. Devant et derrière, quelques mètres carrés de pelouse et de fleurs. Pas entretenus. Alex entre – l'homme lui a expliqué que la sonnette extérieure ne fonctionnait plus – et toque à la porte. Celle-ci s'ouvre presque aussitôt et Alex a un mouvement de recul.

Devant lui, un quadragénaire aux traits un peu tirés, habillé en gris et bleu – pas de noir, c'est la première chose qu'Alex enregistre, pas de noir, alors peut-être pas de deuil. Souriant. Alex le suit dans la cuisine. En chemin, il rencontre divers jouets en plastique et quelques feuilles de papier gribouillées. On est très loin de la méticulosité de Mélanie.

« Voilà. C'est la maison. Je vais vous faire visiter, si vous voulez. Les filles devraient arriver d'une minute à l'autre. Elles sont chez la voisine, pour l'instant. » Alex cherche quelque chose à dire, mais ne trouve rien. Son regard s'arrête sur les photos punaisées au tableau de liège, près du congélateur. « Oui, ce sont elles. Et ma femme. Le problème, cette année, c'est que ma femme a été délocalisée – Pardon ? » Un grognement qui voudrait ressembler à un rire. « En fait, elle a voulu changer de carrière. Elle a passé le concours de professeur des écoles, l'a obtenu, mais elle est mal classée. La liste complémentaire, ça s'appelle. Ça implique qu'on accepte n'importe quel poste dans la région, pour l'année. Elle a obéi. Elle se retrouve remplaçante à cent cinquante kilomètres d'ici. Elle reste toute la semaine là-bas et ne rentre que le week-end. – Vos filles, elles vivent ça comment ? – Ça a été dur, au début, c'est mieux maintenant. Les enfants s'adaptent, vous savez, même s'ils ont des coups de blues. C'est pour les adultes que c'est plus difficile. » Un sourire qui n'en est pas un traverse son visage. Alex hoche la tête, il ne voit pas quoi faire d'autre. L'homme soupire et ajoute : « C'est elle qui m'a conseillé de sortir. Il paraît que je fais une tête d'enterrement et que je suis trop stressé. Alors, je lui obéis. » Nouveau sourire pâle.

Alex se détend.

Pas de cadavre, pas de douleur insurmontable.

Rien que des péripéties – des dérèglements qui vont rentrer dans l'ordre avec le temps.

« Je vais donc sortir une fois par semaine. La jeune fille qui venait garder les enfants a trouvé un travail il y a un mois et elle ne fait plus de baby-sitting. Et vous, vous faites quoi ? – Des études d'anglais. – Ah, oui, c'est vrai. C'était noté sur l'annonce. Vous voulez enseigner ? – Peut-être. – Bon courage ! – Vous êtes prof ? – De français. – En collège ? – Exactement. – C'est dur ? – C'est dur quand on est seul avec ses mômes et qu'il faut entamer une deuxième journée après la première. Avec la lessive, les repas, tout ça. – Vous êtes mère célibataire. – Sauf que je ne suis ni mère ni célibataire. »

Alex pense à sa mère. Au silence qui doit régner maintenant dans sa maison de poche. Il se dit qu'au fond, on s'échine à élever des enfants et à souhaiter qu'ils soient assez grands pour être indépendants et qu'ils quittent le nid et, dès qu'ils sont partis, le vide s'empare de l'espace et fait regretter leur présence.

« Je vais aller les chercher. Elles restent toujours des heures chez la voisine. C'est une dame âgée qui les gâte beaucoup trop, parce qu'elle n'a pas de petits-enfants. Je ne sais pas pourquoi je vous raconte tout ça. » Le sourire est cette fois plus franc et les rides au coin des yeux disparaissent brièvement. « Faites comme chez vous. Il reste du café, si vous en voulez. Sauf qu'il doit être froid. Je reviens dans une minute. »

Et il s'en va, laissant Alex maître de la maison.

Alex aspire tous les détails. La porte du frigo couverte d'images aimantées – des lettres, des héros de bande dessinée, un canard. Les paquets de pain de mie à moitié ouverts. Un dessous-de-plat en étain. Des ordonnances. Des tubes d'homéopathie. Un citron à moitié coupé. Un fond de café dans la cafetière. Alex ouvre les placards, en sort une tasse. Elle est jolie – des motifs abstraits bleus et marron. L'anse est un peu ébréchée. Il verse le café. Le fait réchauffer dans le four à micro-ondes jaune – quelques taches pas nettes sur les parois, quelque chose a dû déborder récemment. Il est en train d'ajouter du sucre quand les filles apparaissent. L'aînée se tient en retrait, les yeux rivés au sol, et murmure un bonjour. La cadette se plante devant Alex avec un air plein de reproches. « C'est ma tasse ! – Ah… désolé ! – Il ne faut pas prendre ma tasse ! – Je ne le ferai plus. – C'est maman qui me l'a offerte. – D'accord. – Tu la connais, maman ? – Pas encore. – Elle est belle. Toi, t'es moche ! »

« Lise ! »

Le père et la sœur aînée ont crié en même temps et la petite court se réfugier dans le salon. « Il faut pas lui en vouloir, à ma sœur. Elle est tout le temps comme ça, au début, mais une fois qu'elle connaît les gens, ça va mieux. – Ce n'est pas grave. Tu t'appelles comment ? – Océane. – C'est joli. » Elle hausse les épaules. « Tu aimes l'océan ? – Euh… oui, beaucoup, mais ça fait longtemps que je n'y suis pas allé. – Nous, on y va tous les étés. – Tu as beaucoup de chance ! – Papa a besoin de sortir un peu. Il pète les plombs. »

Rire gêné de l'intéressé.

« C'est pour ça que je viendrai vous garder de temps en temps. – Il n'y aura pas grand-chose à faire. On est très autonomes. – Tant mieux ! »

Le père, près de la cuisinière électrique, hésite entre l'amusement, la fierté et l'atterrement. Dans ses yeux, il y a de la douceur – et un point très précis où le désespoir semble engloutir toute la lumière. Alex est fasciné par le jeu qui se joue devant lui. Il est là en train de siroter un café, chez des gens qu'il n'a jamais rencontrés auparavant, et qui vont l'adopter, comme ça, en un clin d'œil.

L'aînée se retire, telle une marquise ou une princesse. Elle laisse derrière elle des traces de sérieux – un âge qui n'est pas le sien. L'homme se sert un jus d'orange et s'installe en face d'Alex. Il dit : « Voilà, vous avez fait connaissance avec toute la famille. » Il rougit, se reprend et chuchote « ou presque ». Puis il change brusquement de sujet et demande à Alex s'il a vu un film intéressant au cinéma, récemment. Alex se dit que la petite Lise a de qui tenir, question bifurcation de conversation.

« Euh… non… pas vraiment. En fait, je n'ai pas assez d'argent pour aller au cinéma. » L'homme hoche la tête en rougissant un peu et fait : « Ah, oui, bien sûr… bien sûr. » La sonnerie du portable d'Alex retentit. Un SMS. Il y a un silence, pas si embarrassé qu'il devrait l'être. La présence d'Alex ne semble pas déranger l'homme. Alex, lui, le trouve plutôt sympathique, le nouvel employeur, embarqué dans un rôle qui n'est pas le sien. Et la maison est chaleureuse. La cuisine, en tout cas. C'est lui qui rappelle qu'il faudrait peut-être jeter un coup d'œil aux chambres des filles – le propriétaire se lève, s'excuse et ajoute qu'il n'est vraiment bon à rien.

Lorsque Alex prend enfin congé, il a passé presque une heure en compagnie de la famille tronquée. Rendez-vous est pris pour le mardi soir suivant, vingt heures. Quand il passe devant les fenêtres du salon, le père et ses deux filles soulèvent les rideaux et lui font des signes. Alex a une boule dans la gorge, mais il n'a pas le temps d'analyser quoi que ce soit – le message clignote toujours sur l'écran. « Si tu veux qu'on se voie ce soir, c'est OK. Sinon, c'est OK aussi. »

Alex s'arrête au milieu du trottoir. C'est la première fois qu'il a vraiment le choix. D'habitude, soit les filles insistent, soit c'est lui qui impose. En même temps, il reconnaît qu'il n'a pas non plus un tableau de conquêtes très impressionnant. À cause de son visage en lame de couteau, sans doute – et le petit bouc sur le menton n'arrange rien, il ne fait qu'allonger les traits davantage. À cause de sa taille aussi, sans doute. Les filles sont souvent effrayées par ce qui dépasse le mètre quatre-vingt-dix. À cause de son indolence, surtout. Et de cette incapacité, souvent, à saisir la chance lorsqu'elle passe à sa portée.

Alex a éteint son portable, mais il le rallume aussitôt.

Il a décidé que la chance, ça commençait maintenant.

III

« Alors comme ça, tu fais du baby-sitting ? – Oui, et je donne également des cours particuliers. – Et ça marche ? – Le baby-sitting, oui, les cours, non. – Ah, c'est marrant, on pourrait penser le contraire. Tu es bien payé ? – Tu ne t'intéresses qu'à mon argent ? » Marion éclate de rire. Elle répond que si c'était le cas, elle aurait pris la fuite dès qu'elle avait vu l'état du logement. « Quoi ? Qu'est-ce qu'il a mon appartement ? – Il est désert. – Je sais. Il faudrait que j'achète des meubles. – Ce n'est pas qu'une question de meubles. C'est comme si personne n'y habitait vraiment. Ou seulement par intermittence. – Pourtant, j'y suis tous les jours. – Alors, c'est toi qui ne dois être présent au monde que par intermittence. – Tu proposes quoi ? De venir t'installer ? – Tout doux, mon mignon. Pas dans les mois à venir, en tout cas. – C'est encourageant. – Non. C'est lucide. » Alex voudrait que Catherine entende ça. Il pense qu'il devrait appeler sa mère. Il avait quelque chose à lui dire, mais il ne se rappelle pas quoi. Il est absorbé par Marion.

Ils sont tous les deux dans le bar, face à face. Elle a pris un verre de caipirinha et lui a opté pour la bière. Il l'a instantanément regretté. La bière, ça fait beauf. Et ça le ballonne. Il n'a jamais aimé ça, en fait.

« Je n'ai pas tellement envie de parler de moi. – Moi non plus. Nous voilà bien. – Tu es en première année d'histoire, c'est ça ? – Exact. Bon, tu veux une fiche de renseignements ? Voilà, je m'appelle Marion, j'ai dix-neuf ans, une tache de naissance sur la fesse gauche que tu as sans doute déjà remarquée, un père qui travaille dans l'informatique, une mère qui travaille dans l'informatique, une sœur qui travaille dans l'informatique, et moi, l'informatique, ça m'emmerde. Ce que j'aime explorer, c'est les humains. Enfin, les hommes, surtout. Et je trouve que je ne t'ai pas encore assez exploré. »

Alex baisse les yeux et hoche la tête. Il est découragé, tout à coup. Il pense qu'ils ne jouent pas dans la même catégorie, tous les deux. Elle évolue déjà en ligue 1 depuis des lustres, tandis que lui traîne dans les clubs amateurs où l'on se retrouve, le dimanche matin, sur des terrains communaux boueux. Trop de repartie, d'esprit, d'honnêteté et de perspicacité.

Il relève la tête et la fixe. Il murmure qu'il est généralement quelqu'un de très décevant, mais la musique couvre la phrase, et quand Marion lui demande de répéter, il sourit et dit que non, ça n'a aucune importance.

Une vision, tout à coup.

Marion et lui, dans dix, douze ans. Ils ont eu un fils. Ils voudraient se retrouver un peu, et les grands-parents sont débordés et encore en activité. À la boulangerie, Alex note le numéro de téléphone d'un étudiant qui se propose de garder les enfants. Il serait temps de recoller le couple qui bat de l'aide à cause des nuits hachées et des soirées écourtées.

Le rêve éveillé pourrait prendre de l'ampleur, porté par les accords de guitare qui se déversent des amplis, par l'effet de l'alcool et par les reflets des lumières tamisées sur le visage de Marion – mais le portable se met à vibrer dans la poche gauche du jean d'Alex, et il n'a jamais su laisser les télécommunications en paix. Il fait un signe à Marion, qui soupire, et sort dans la rue. C'est Bastien. Alex anticipe une fête étudiante improvisée, un rendez-vous dans un appartement du centre-ville, un retour épuisé de nouveau, au petit matin. Il sent les tensions dans son dos devant le type de choix qu'il n'a jamais su faire – rejoindre une cohorte chaleureuse d'humains dont presque tous les éléments individuels lui sont indifférents, ou opter pour le tête-à-tête et ses prolongations. Il lui faut quelques secondes pour comprendre qu'il n'est pas question ce soir de choix cornélien.

« J'ai entendu dire que tu faisais la baby-sitter. – Je ne garde pas les étudiants et je ne laisse personne abuser de mon corps. – De toute façon, je ne suis pas intéressé. Je t'appelle de la part de ma sœur. – Justine ? – Elle-même. – Je te signale que tu as passé toute une soirée la semaine dernière à expliquer à quel point elle était chiante et comment elle t'empêchait de vivre. – Merde. J'ai dit ça, moi ? – Oublie. C'est pour son môme ? – Oui. – Le tarif c'est vingt euros, et je ne suis pas libre mardi prochain. – Tu es sacrément efficace, toi ! – Tu devrais t'estimer heureux que j'accepte, après ce que j'ai entendu. – Arrête. C'est juste que je suis jaloux d'elle. C'est la préférée de mes parents. – En même temps, quand on te voit, on peut comprendre qu'ils aient raison. – Bon, tu veux bien ? – J'ai déjà répondu à ta question. – Dis donc, tu es vif ce soir ! – Je suis stimulé par la compagnie. – C'est vrai ? C'est qui ? – Pas tes oignons. Dis à ta sœur qu'elle me téléphone. Mais pas ce soir. Salut. »

À l'intérieur, Marion n'est plus seule. Un mec aux épaules larges, qui porte un veston à la coupe impeccable. VRP en goguette. Qui va à la chasse perd sa place. Marion s'excuse auprès de son nouvel interlocuteur, lui touche légèrement l'épaule et se colle contre Alex. La tête sur sa poitrine. Ils restent comme ça, longtemps. Alex dit : « Je ne sais vraiment pas ce que tu me trouves. – Un intérêt, sûrement, répond-elle. Probablement ton côté baby-sitter. – C'est-à-dire ? – À l'écoute. Disponible. Prêt à rendre service. Le don de soi. – Ce n'est pas un don, je me fais payer. Et je ne fais pas dans la psychanalyse sauvage non plus. – On rentre ? – Chez moi ? – Non, chez moi, c'est moins déprimant. – Je vais tenter de faire un effort. – Non, ne change rien. Je ne veux rien t'imposer, à part ma présence. – Comment tu fais pour toujours trouver une formule, un truc spirituel à répondre ? – Je m'entraîne beaucoup devant la glace. »

Chez Marion, c'est très différent.

Il y a des tentures aux fenêtres – de l'indien, du chanvre, du violet, également de la mousseline rouge ou vert clair. Le matelas est posé sur un sommier en bois. La cuisine est presque aussi petite que la *kitchenette fonctionnelle*, mais elle donne l'impression d'être beaucoup plus grande. Les habits sont pliés et rangés dans l'armoire – les piles semblent suivre une organisation interne plutôt qu'un plan de bataille imprécis. Dans un coin, un iPod et deux enceintes, de taille moyenne. La musique est présente, mais en sourdine. C'est sans doute la différence la plus importante entre les garçons et les filles – qui ne va qu'en s'aggravant avec les années, pense Alex, en revoyant la seconde femme de son père baisser instinctivement le volume de la chaîne chaque fois qu'elle revenait à la maison (quant à sa mère, elle avait très tôt exigé qu'Alex mette un casque lorsqu'il écoutait ses morceaux préférés) : les hommes voudraient s'abrutir et anéantir toute tentative de dialogue, tandis que les femmes insistent sur leur besoin de partager par la parole.

Alex est allongé dans le lit.

Un peu embarrassé par sa grande carcasse nue.

Il n'a pas encore l'habitude de s'étendre dans des draps inconnus auprès d'un corps qu'on découvre peu à peu. Pas l'habitude de se déshabiller et de ne plus rougir à la vue de son propre corps dénudé dans le reflet du miroir. S'attardent en lui les réactions du novice qu'il était, il y a deux ans à peine, et les empreintes de ses anciennes amours. Reste une brusquerie qui disparaîtra bientôt et laissera chez les filles une étrange sorte de regret – finalement, elles aimaient bien cette maladresse, mieux que ce savoir-faire patient et contrôlé –, mais elles ne l'avoueraient jamais à qui que ce soit.

Le corps de Marion n'est pas parfait. Les cuisses sont un peu larges, les seins ressemblent à deux amoureux un jour de premier rendez-vous, incapables de se regarder. Persistent également des traces de cette adolescence dont elle vient de sortir. La marque d'un piercing disparu au niveau du nombril. Un tatouage presque effacé près de l'omoplate gauche (la première affection ? les premières promesses d'une éternité temporaire ?). Alex n'en a cure. Alex n'a jamais été attiré par les corps parfaits, ni par les chairs travaillées chirurgicalement ni par celles soumises à un rythme sportif intense. Il aime bien sentir les imperfections – ce qui fait de l'autre un être humain, une histoire à découvrir et à marquer, à son tour.

Alors, il découvre.

Il s'enivre.

Des odeurs, là, sur l'aine. De minuscules gouttes de sueur, là, à la naissance du cou. De la texture, là où le corps féminin cesse d'être imberbe – la douceur de cette peau qui s'imprègne et se liquéfie pour se rendre.

C'est un moment très doux – sans aucune peur. Sans trop de hâte non plus. C'est un cadeau qu'on ouvre avec lenteur.

Lorsque les gestes s'enchaînent, lorsque les chairs luttent et que les événements se précipitent, Alex plonge. Il entend autour de lui des bruits de voix, des échos distants de conversation téléphonique avec sa mère, la petite fille qui dit : « On est très autonomes », son père qui rougit un peu, Mélanie qui vocifère « Malade, mon œil ! » et même une très ancienne prof de maths qui répétait à l'envi « les égalités remarquables, les égalités remarquables ! ».

Cela a toujours été comme ça.

Au moment de l'orgasme, ce creuset de visages à peine croisés ou venus de très loin, ces bribes de phrase qui se font écho – et, enfin, le silence, le souffle de la respiration, et cette impression d'avoir traversé l'Atlantique à la nage.

Il n'en a jamais parlé à personne. Même à son meilleur ami. Sans doute aussi, se dit Alex un peu plus tard, alors que Marion s'est endormie et que lui-même hésite entre deux eaux, parce qu'il n'a jamais eu de meilleur ami. Il a toujours été sociable et entouré, mais il n'a jamais fait partie d'un duo inséparable. Peut-être parce qu'il papillonne. Peut-être par pudeur et par timidité. Peut-être parce qu'il aime mieux le tout que la partie. Sa dernière pensée, juste avant de sombrer, est pour Marion. Pourrait-elle être une amie ? Quelqu'un à qui on dit tout ? Quelqu'un à qui on avoue les images qui assaillent pendant l'orgasme ?

*

* *

« Je te dérange ? »

Alex cligne des yeux. Les volets laissent filtrer une lumière blafarde. Une fin de novembre dans toute sa splendeur. Sur le réveil à cristaux liquides, les chiffres indiquent huit heures trente. Alex tente un rapide calcul mental. Il n'a dormi que cinq heures. À côté de lui Marion et son sommeil de plomb. Alex chuchote qu'il n'est pas chez lui, tout en prenant ses affaires et en s'éclipsant de la pièce. Il se retrouve, nu, dans le salon. Les fenêtres sans rideaux donnent sur l'immeuble d'en face. Alex gémit.

« Qu'est-ce qui se passe ? – Je suis à poil et tout le monde me voit, maman ! – Tu veux que je te rappelle ? – À ton avis ? – Tu as cours à quelle heure ? »

Alex se souvient brusquement qu'il a déjà loupé la fac hier – il a une vision de tonnes de feuilles à photocopier – et qu'il doit rendre son thème littéraire aujourd'hui. « Dix – Moi, je suis en RTT. Tu as le temps de parler ? – C'est urgent ? – Disons que je n'ai pas de nouvelles depuis une dizaine de jours, alors pour moi, ça l'est. – Maman ! – Ah, au fait, bon anniversaire ! – Ce n'est pas mon anniversaire, maman. – Je sais, mais c'était le mien hier. J'ai attendu ton coup de fil jusqu'à minuit. » Et elle raccroche.

Merde, merde et merde.

C'est à peu près tout ce à quoi Alex est capable de penser en enfilant son boxer et ses chaussettes sous l'œil intrigué d'un pigeon qui s'est perché sur la balustrade. C'était ça qu'il devait faire, hier soir. C'était ça qui le taraudait. Il s'était promis de ne pas l'oublier. Et de trouver le moyen de revenir chez Catherine, par surprise. De la cueillir au début de la soirée et de l'emmener au seul restau ouvert dans son bled, un truc appelé À la bonne franquette. C'est la faute de Marion, aussi. Et de l'autre, là, avec ses gamines. Et de la boulangère. Depuis samedi dernier, tout se précipite et Alex n'est pas bon dans la précipitation. Alex n'est pas un précipité.

Il est sur le palier, maintenant – la chemise sort à moitié de son pantalon et ses baskets ont été plus vaillantes, mais il ne le remarque même pas. Il recompose le numéro, mais elle s'est mise sur répondeur. Il l'imagine, outrée. Pire – affalée sur le canapé, en larmes. *Plus personne ne pense à moi désormais, je suis inutile.* Elle n'a jamais été comme ça, c'est vrai. Mais elle n'a jamais été si seule non plus. Toutes ces années, il était là, lui, à son côté.

Il fait le tour des possibilités, pour s'apercevoir rapidement qu'il n'y en a aucune. Il doit parcourir les soixante kilomètres qui le séparent de Catherine, dans la matinée. À cause de ce fameux réseau en étoile de la SNCF, aucun train ne relie les deux bourgades. Il y aurait bien un car, un de ces cars qui se prennent pour des Greyhounds français, mais à cette heure-ci, il est déjà parti. Alex peste. Depuis le temps qu'il tente de se dégoter une voiture. Depuis le temps qu'il n'a pas l'argent pour. Et même avec tous les baby-sittings du monde, il ne pourra pas se la payer avant longtemps. La seule solution, c'est de téléphoner à son père et de le faire raquer. C'est contre tous ses principes, mais parfois, on n'a pas le choix. Et ce n'est qu'une fois le refus essuyé qu'on peut se résoudre à d'autres extrémités – genre vendre son corps pour une Twingo.

Marion a une voiture, sans doute – Alex croit se souvenir qu'elle l'a mentionné la veille au soir, mais il se voit mal la réveiller pour lui demander de le conduire de bon matin chez sa pas encore future belle-mère. Bastien prend sa bagnole pour se rendre en cours.

Simon refuse de la prêter depuis l'accident qui lui a coûté la précédente. Reste le stop.

Une survivance au milieu des années 2000. Plus personne ne fait de stop.

Par une journée livide de novembre. Alex se poste sur le grand boulevard qui mène à la rocade. Il n'a même pas de pancarte sur laquelle il pourrait indiquer sa destination. Il est lucide. Pleine semaine. Neuf heures du matin. Aucune voiture ne s'arrêtera pour un auto-stoppeur ébouriffé qui respire le mauvais sommeil et l'alcool pas encore assimilé. Mais s'il ne tente pas le coup, Alex se détestera. Il se déteste déjà.

Lever le pouce.

Se sentir ridicule, là, sur le trottoir, en demande – comme un travesti un matin de bringue, un nudiste dans une entreprise de textile. Alex pense à toute cette génération d'étudiants qui a découvert les paysages américains avec un sac à dos et des rêves plein la tête. Ce sont les mêmes qui, maintenant, ferment leur porte à clé et passent devant lui en faisant semblant de ne pas l'avoir vu. Encore une note pour plus tard : *je m'arrêterai chaque fois que je verrai un auto-stoppeur*. Mais ce sera très différent, bien sûr – il n'y aura presque plus de voitures parce que l'essence coûtera les yeux de la tête. Les gens se tueront pour quelques gouttes de gasoil. Bienvenue dans un monde meilleur.

Alex est sur le point d'abandonner quand la berline pile devant lui. Il est tellement surpris que sa première réaction est d'avoir un mouvement de recul. Il ne peut s'agir que d'un violeur pédophile, d'un laideron nymphomane, ou d'une erreur. La vitre qui se baisse. « Vous allez où ? » La voix est familière. Le visage également. Alex met quelques secondes à se rendre compte qu'il s'agit du père qui l'a embauché hier. « À soixante kilomètres d'ici, vers le nord. – Vous avez de la chance. Je vais par là aussi. J'ai un stage à Reims aujourd'hui. Je devrais y être à l'heure qu'il est, mais je serai en retard, comme d'habitude. La grande avait oublié son sac de piscine. Il a fallu que je retourne à la maison. »

La voiture, chauffée à bloc.

Un CD en sourdine. *The Last Shadow Puppets*. Une des références musicales d'Alex. Il a passé des jours entiers à retrouver les accords de certaines de leurs chansons, l'été dernier. Sa façon à lui de lutter contre l'ennui et contre l'angoisse qui l'étreignait en pensant à l'avenir.

« J'ai bien essayé d'expliquer la situation de père célibataire à la responsable du stage, mais rien n'y a fait. Du coup, j'arrive tard, je repars tôt, cela va faire grincer des dents, mais je préfère me faire engueuler plutôt que de les laisser à l'étude du soir. Vous allez y faire quoi, là-bas ? – Voir ma mère. C'était son anniversaire, hier. – Sympa. Une surprise, alors ? – Si on veut. J'ai carrément oublié et elle a été très sèche au téléphone, ce matin. » L'homme rit. « Pas facile, les relations, de temps en temps. J'imagine que si mes filles oubliaient mon anniversaire, je l'aurais mauvaise. – N'en rajoutez pas, je me sens assez mal comme ça. – Au fait, j'ai eu l'impression hier que je ne m'étais pas présenté. Je m'appelle Marc. – Vous me l'aviez déjà dit, mais enchanté quand même. Vous ne m'en voudrez pas si je vous appelle plus souvent *monsieur.* – J'ai l'habitude. »

Le silence retombe dans l'habitacle.

Un silence agréable et doux.

Le ruban de route devant et la campagne champenoise sous la grisaille froide de novembre. On pourrait continuer à rouler jusqu'au bout du monde.

« La musique ne vous dérange pas ? – J'aime beaucoup ce groupe. – J'aurais adoré être chanteur. – C'est vrai ? – Pourquoi ? C'est si étonnant que ça ? – Euh… non, c'est juste que… vous… enfin… – J'ai passé l'âge ? » Alex hésite avant de répondre. Il sourit pour adoucir les mots : « Un peu, peut-être. » Marc rit de nouveau. « Je sais. C'est pour ça que j'ai dit *j'aurais adoré*, et pas *j'adorerais.* – Ma mère n'écoute pas ça du tout. – Elle a quel âge, votre mère ? » Alex rougit légèrement. Comme chaque fois. C'est une des choses qu'il a toujours eu du mal à faire : avouer l'âge de sa mère. C'est comme une erreur. Une indécence. « Trente-huit. » Marc siffle entre ses dents, mais s'abstient de tout commentaire. « Alors, elle a cinq ans de moins que moi. » C'est au tour d'Alex de marquer sa surprise. « Vous ne les faites vraiment pas. – Sauf que je ne pourrais carrément plus être chanteur. – Vous l'avez déjà été ? – Oh, non ! Ça fait partie des fantasmes inassouvis. Partagé, je pense, par les trois quarts des hommes de ma génération, et par quatre-vingt-dix pour cent de ceux des générations suivantes. Vous n'avez jamais voulu être chanteur, vous ? – Euh… non. – C'est bien. – Mais je fais de la guitare. Un peu. Moins cette année. – Vous faites partie d'un groupe ? – Auparavant. Mais tous les musiciens sont partis faire des études ailleurs. Cela n'a jamais été bien loin. On n'était pas très doués. »

Une autre plage de silence.

Une bifurcation. Il n'y a personne sur la route.

C'est Marc qui reprend le flambeau, et c'est comme s'il se parlait à lui-même.

« C'est curieux de parler de ça. De musique. J'ai l'impression que ça ne m'est pas arrivé depuis des lustres. Alors que, quand j'avais votre âge… mon Dieu ! C'était toute la journée. C'était presque toute ma vie. Je pensais que je finirais dans un magazine pour aficionados, à faire des papiers sur des concerts obscurs dans des caves ou dans des MJC. Je deviendrais une sorte de référence underground. Un mec dont on se repasse le nom sous le manteau et qu'on admire en silence. À la place, je suis prof d'anglais dans un collège, j'ai une femme que j'adore, mais qui ne vit pratiquement plus avec moi, et deux filles que je regarde grandir avec perplexité. – Et vous préférez quoi, comme vie ? – Je n'en sais rien. Elles sont tellement aux antipodes l'une de l'autre. C'est comme si j'avais été écartelé. Mais, vous savez, pas plus que ma femme. C'était une fondue de cinéma. Elle pouvait citer les noms des acteurs dans les films roumains des années cinquante. Aujourd'hui, lorsqu'elle va au cinéma, c'est pour voir des dessins animés. Je ne dis pas que c'est mal, je ne regrette pas une sorte de paradis perdu, je dis seulement que nous avons dévié loin de notre trajectoire initiale. – Un peu, quand même. – Un peu quoi ? – Vous regrettez un peu, quand même. »

Marc a un éclat de rire bref, tranchant et clair.

« Oui. Sans doute un peu, quand même. C'est bizarre, hein ? Parce que, mine de rien, mon boulot, je l'adore et ma famille aussi. C'est juste que… je ne sais pas… ça prend tellement de temps. Après, on ne sait même plus ce qu'on aime ou pas, ni qui on est vraiment. – Jusqu'à ce qu'on trouve un baby-sitter. – Exactement. Un gars qu'on n'a jamais vu de sa vie et qu'on se met à rencontrer tous les jours. – Qu'on ramasse sur le bord de la route. – Parce qu'il a oublié l'anniversaire de sa mère. Vous avez acheté quoi, comme cadeau ? – Comme j'avais oublié la date, je n'ai évidemment pas réfléchi au cadeau. – Des fleurs ? – Non. Ma mère a une théorie sur les bouquets. Elle pense que les hommes ne les achètent que lorsqu'ils se sentent coupables – adultère, négligence ou autre. Je peux pas acheter de bouquet aujourd'hui. Ça rentre trop dans ses schémas. – Bouquin ? – Éventuellement, mais il n'y a pas de librairie là où elle vit. Non, je crois que je vais arriver sans rien. Je vais me mettre un ruban autour de la tête et voilà, le tour est joué. Le cadeau, c'est moi. – Trop facile. Le CD qu'on est en train d'écouter ? – C'est vraiment pas du tout son style. Ma mère, là-dessus, elle est antédiluvienne. Elle écoute encore la radio quand elle fait le ménage, si vous voyez le tableau. Elle, ce qui l'éclate, ce sont les années quatre-vingt. Elle ne se rend même pas compte que c'est sans doute la période où elle était la plus heureuse, simplement parce que je n'étais pas là. Je vous jure, elle est pitoyable question goûts musicaux. Une vraie diva du dancing. – Ce ne serait pas son style, mais ce serait le vôtre. Une vraie surprise. Un truc nouveau. Étonnant. C'est tentant, non ? – Vous auriez dû être VRP, vous. – Les VRP ne prennent pas d'auto-stoppeurs. Alors, vous le lui offrez ? – Je n'ai pas de quoi vous le payer. – C'est un gravé. C'est gratuit. Mais c'est toujours mieux que rien. Et je m'en referai un ce soir. »

Soixante kilomètres.

Le temps d'apprendre.

D'apprendre les problèmes auditifs de l'aînée, dans sa prime enfance. D'apprendre l'histoire d'un couple parti de guingois, sur lequel personne n'aurait parié un kopeck. Les amis, perplexes. Ces mêmes amis qui, quelques années plus tard, divorcent tandis que le couple continue de tenir bon. De faire face. Un équipage sur un voilier. Des coups durs. Du gros temps. La résistance, mais des craquèlements. Jusqu'au moment où le professionnel empiète sur le personnel et que, d'un seul coup, le duo part en vrille. « Lorsqu'on se téléphone, le soir, je vous jure, c'est un crève-cœur. Mais je ne veux pas qu'elle renonce à ses ambitions, à ce qu'elle veut faire de sa vie. C'est juste que… je ne sais pas. »

Juste le temps d'apprendre la solitude. Après toutes ces années de soudure, après les enfants, après la vie comme un catamaran lors d'une traversée de l'Atlantique, autour, il n'y a presque plus rien. Les anciens amis sont tous aussi sur leurs coques de noix et ils barrent comme ils peuvent. Les collègues sont plus jeunes ou plus vieux – ils ont leur propre réseau qu'il est difficile de pénétrer.

Puis, à intervalles réguliers, le rire qui creuse les rides au coin des yeux et la remarque dépréciative.

« Mais je ne sais pas pourquoi je vous emmerde avec tout ça ! – Mais je crache dans la soupe ! – Mais tout ça, ce sont des problèmes de riches, non ? »

Mais. Mais. Mais.

Alex n'a fait qu'une suggestion. Appeler un de ces anciens amis. Le meilleur. Il y a toujours un ancien meilleur ami quelque part. Et simplement proposer un restaurant, un bar, un cinéma. Dire qu'on a envie de. Le temps qui passe et qui. Ou même – ne pas donner de justifications. Il n'y a rien de pire que les justifications. Marc a souri. Il a haussé les épaules. Il a répondu qu'Alex avait sans doute raison. Puis il a ajouté que c'était bizarre d'avoir raison, quand on n'avait même pas vingt ans. Un silence. Puis un murmure. « En fait, non, ce n'est pas bizarre. C'est par la suite qu'on doute. Que tout devient compliqué. »

Alex a répliqué qu'il espérait honnêtement que cela n'allait pas lui arriver, parce que tout était déjà bien assez compliqué comme ça. Une mère, une nouvelle copine, des études, des camarades de classe, une boulangère et un père de famille largués – encore quelques rencontres, et ce serait la saturation.

Ils se sont donné rendez-vous pour le mardi suivant. Alex est sorti avec le CD dans la main. Il a regardé s'éloigner la voiture avec une impression étrange – il avait vraiment envie de se débarrasser de la dépression diffuse de ce type, et, cependant, il serait bien resté un peu plus longtemps encore.

Sur le pas de la porte, il y avait Catherine.

Les yeux écarquillés, la bouche arrondie, les larmes au bord des yeux, les bras grands ouverts.

Alex, c'était à la fois son cadeau d'anniversaire, son Noël et ses étrennes à lui tout seul. C'est ça, avoir un enfant. Se sentir vide et inutile – et, l'instant d'après, être plein. Une plénitude à craquer. C'est ce qu'elle fait, Catherine, dans les bras d'Alex.

Elle craque.

IV

Il y a eu des coups de fil, des rendez-vous, des prises de bec, des réconciliations, des dénudés et des rhabillés en vitesse.

Il y a eu des messages sur répondeurs, des SMS, des rencontres hésitantes, des contrats oraux, des horaires fixés, des soirées sur canapé.

Il y a eu parfois un, parfois deux, parfois aucun pain au chocolat le matin, parfois une, parfois deux, parfois aucune bise d'Hadrien avec un H et de Mélanie avec un M.

Il y a eu la rumeur, une publicité feutrée, un échange de renseignements à voix basse, des coordonnées, une réputation qui s'installe.

Il y a eu des partiels – moyennement réussis. Et des étagères qui se remplissent. Un frigo à moitié plein plutôt qu'à demi-vide.

La vie d'Alex se met à ressembler à ce dont il rêvait l'année précédente.

Sauf qu'elle est considérablement plus occupée. Trois soirs par semaine environ, il garde des enfants. Une dizaine de clients réguliers qui tournent et prévoient leurs déplacements à l'avance, désormais. Le seul réellement hebdomadaire, c'est Marc. Marc qui a appelé son ancien meilleur ami, et d'autres plus secondaires, et qui est imparfaitement parvenu à renouer le contact. Marc qui revient toujours assez tôt de ces dîners – à quarante ans passés, apparemment, on se transforme en citrouille dès vingt-trois heures trente – mais qui aime bien qu'Alex s'attarde un peu et partage un dernier verre d'alcool avec lui ; ensemble, ils parlent de musique, des études et souvent du passé de Marc, de ses démêlés avec ses parents, de ses enfants ou de ses collègues. À quarante ans passés, apparemment, on démêle beaucoup.

Trois autres soirs, il y a Marion – plutôt une cascade impétueuse qu'un long fleuve tranquille, elle veut tout et son contraire, elle jure son attachement et elle le renie trois minutes plus tard, elle est un peu perdue, et lui aussi – ils s'apprivoisent sans douceur.

Reste un soir.

Le soir d'Alex.

Il y tient. Il ne fait rien de particulier, à part téléphoner à Catherine, qui, par ailleurs, aime beaucoup Marion, qu'elle a rencontrée deux ou trois fois, parce que « c'est une fille de caractère ». Du caractère, elle en a, sans conteste. Alex se demande seulement si, un jour, leur existence ressemblera davantage à celle des autres. À ce quotidien brinquebalant mais rassurant tout de même, plutôt qu'à ce grand huit perpétuel épuisant. Ils ne sont d'accord sur rien, elle déteste les comédies romantiques alors qu'Alex se laisse toujours avoir par le sentimentalisme dégoulinant ; elle ne lit que des essais et des documents historiques, alors qu'il ne pourrait pas vivre sans romans ; elle n'aime pas tellement les concerts et leur préfère la musique enregistrée ou téléchargée ; ces MP3 qui, pour Alex, devraient être interdits afin de sauvegarder un brin de communication ; elle penche à l'extrême de la gauche, mais elle n'a pas sa carte d'électeur, alors que c'est la première chose qu'Alex est allé chercher quand il a eu dix-huit ans. Ah, et elle a également un compte en banque fourni pour son âge, grâce aux cadeaux variés et aux virements réguliers de ses parents et grands-parents dont elle est la reine, l'idole et la déesse – la fille unique, celle qui fera sans doute un beau mariage et des enfants très dociles. Elle s'en moque ouvertement, mais en même temps, elle accepte les chèques.

Mais ce soir, ce n'est pas un soir Marion.

Ce soir, c'est un soir de garde, Alex sur le pont, en capitaine d'un vaisseau abandonné par des parents qui se rendent aux quarante ans d'une amie. Un enfant de trois ans, Émile, qui a tendance à ne pas dormir régulièrement. Un père, responsable d'un petit garage, avec sa femme comme secrétaire. Une maison à deux chambres ; il n'y aura pas de second enfant, trop tard, probablement – la limite d'âge potentielle a beau avoir été reculée par les progrès de la médecine, l'angoisse d'avoir un bébé déficient est encore forte. Alex a gardé Émile trois fois, et il sait déjà qu'il ne va pas beaucoup avancer dans sa découverte du gérondif et des débuts de la civilisation américaine. Émile appelle au moins à quatre ou cinq reprises et souvent, le reste du temps, il geint. Alex prend son mal en patience. Il monte dans la chambre d'Émile, rallume la veilleuse, échange quelques mots, demande à l'enfant s'il veut qu'il demeure un peu à son côté. Au bout d'un moment, Émile se calme.

Quand Alex arrivc, monsieur et madame sont habillés de pied en cap, et l'attendent. Monsieur porte une veste et un jean. Madame a ressorti une robe en laine beige qui doit dater d'une quinzaine d'années. Elle répète une fois de plus la litanie des conseils et des numéros de téléphone, telle une hôtesse de l'air avant le décollage. Les issues de secours se situent des deux côtés de l'appareil. Au moindre problème un masque d'oxygène et un portable se détacheront automatiquement de l'habitacle au-dessus de vous. La température extérieure est de quelques degrés au-dessus de zéro, et il faut veiller à ce que la progéniture ne se découvre pas trop. Alex hoche la tête comme un petit chien à l'arrière d'une voiture déclassée. Il a appris à faire ça. À prendre son air sérieux et pondéré et, du haut de son mètre quatre-vingt-treize, à devenir le Bon Géant sur lequel on peut compter.

Ils quittent enfin la maison, en route vers une salle des fêtes, dans la campagne proche. Cette fois-ci, ils resteront plus longtemps et paieront, en conséquence, une somme plus importante. Retour estimé à trois heures du matin. Quinze minutes de route et six heures d'amusement obligatoire.

Alex reste quelque temps sans bouger dans la cuisine. Pas un bruit, en haut. Inespéré. Il n'ose pas allumer la télé. Il sort sa *Grammaire raisonnée de l'anglais 2*. Il s'y plonge presque avec délice tant c'est inattendu. Il tente de s'y perdre, mais n'y parvient pas. Un quart d'heure passe. Il trouve la maison trop silencieuse – un comble. Il pense à des films d'horreur – il s'attend presque à voir surgir un mec déguisé en squelette grimaçant ou un mort vivant avec tronçonneuse intégrée. Il sent la moiteur de ses paumes. Il n'est pas du genre trouillard, pourtant. Il n'est pas non plus extrêmement courageux, mais des frayeurs de l'enfance, comme le noir ou l'orage, il ne lui en reste aucune. Probablement parce que Catherine a su le rassurer sans le surprotéger. Alex hésite un moment à téléphoner à sa mère, mais il lui reste peu de crédit, il se dit que l'achat d'une nouvelle carte attendra demain – depuis qu'il passe ses soirées à garder des enfants, les dépenses téléphoniques ne sont plus une source d'angoisse.

Il devrait appeler Marion et sacrifier l'argent qui lui reste en compte – de toute façon, quand on fait du baby-sitting, on peut toujours se servir du téléphone fixe en cas de problème sérieux – mais hier soir, elle a eu des phrases qui blessent, et il pense que c'est à elle de faire un effort, maintenant. Il ne l'appellera pas avant qu'elle le fasse. Il en a marre d'être la victime de ses agressions verbales, et de devoir, en plus, être celui qui cherche la réconciliation. Elle lui reprochait d'être trop mou. *Un grand tout mou*, c'est comme ça qu'elle l'a appelé. Elle trouve qu'il ne se bat pas assez avec la vie, qu'il est trop dans la recherche du compromis, et du compromis à la compromission il n'y a qu'un pas, tu comprends, Alex ? Alex opine du chef, mais en fait, non, il ne comprend pas tellement. Ce qu'il aimerait fuir, c'est le conflit – et il y parvient bien dans sa vie quotidienne. Elle, non. Elle, c'est une femme de la confrontation, elle a besoin de pétarades et de feux d'artifice, de coups de gueule et de coups de poing – elle en a besoin pour se sentir vivre et pour avancer, comme elle dit. Alex, lui, il navigue – il esquive, il plie sans rompre, il ondule, Alex est un végétal tendance aqueuse. Enraciné dans un environnement liquide. Mais résistant. Très résistant.

C'est ce qu'il croit, en tout cas.

Alors, non, il n'a pas envie d'entendre la voix de Marion et d'y percevoir l'écho du mépris mi-amusé mi-courroucé avec lequel elle le traite. Il y aurait bien Bastien, mais il est à la fête organisée par l'école d'infirmières, avec d'autres étudiants. Alex devait être de la partie, et il n'est pas exclu qu'il les rejoigne une fois les parents rentrés – même si l'aube point à ce moment-là.

Alex tourne en rond. Il ouvre un livre au hasard – *Arbres et végétaux de notre région* –, et tente de s'intéresser aux diverses descriptions d'écorces et de feuilles. Il abandonne. Il hésite à monter, de peur de réveiller le monstre qui dort tranquillement, mais il prend le risque, finalement. Après tout, surveiller, ça fait partie de son job.

À chaque marche, il a l'impression qu'il va déclencher une série de cris stridents. À chaque marche, rien ne se passe. Alex connaît la maison. Au premier étage, il y a d'abord la salle de bains sur la droite, puis les deux chambres – celle des parents, à gauche, étouffante, avec des doubles rideaux, une armoire normande, un fauteuil en cuir marron. À droite, celle d'Émile, presque vingt mètres carrés de jouets en tout genre, une orgie de peluches et de modèles réduits de voitures. Le lit semble perdu au milieu d'un océan d'objets.

La première fois qu'il perçoit le son, Alex s'arrête net. Il croit un instant que ce sont ses chaussures qui ont émis ce bruit étrange. C'est quand il entend de nouveau le gémissement qu'il se rend compte qu'il n'en porte pas, de chaussures. Il se déchausse toujours en entrant dans la maison, pour ne pas faire de taches sur le carrelage blanc.

Alex dira plus tard qu'il se souvient de tous les détails. De la goutte de sueur, incongrue, qui descendait le long de son dos. De la texture du papier peint dans le couloir. Du reflet des phares d'une voiture qui passait dans la rue. Mais ce qui reste surtout, ajoutera-t-il, c'est le son. Celui qui venait de la chambre. Un râle très léger, qu'on aurait presque pu confondre avec un ronflement.

Presque.

Parce que, tout à coup, le cœur s'accélère. Les gestes, les exclamations, s'entrechoquent. Les questions – un seul nom, qui rebondit contre les murs de la chambre. *Émile ? Émile ?* La non-réponse – simplement ce sifflement, l'air qui manque, les yeux écarquillés de l'enfant et ses doigts crispés sur le drap – tout un corps en train de lutter pour quelques goulées d'air encore.

On posera souvent des questions à Alex, par la suite. On lui demandera de revenir sur les faits, sur des détails – il réorganisera l'enchaînement des événements et, chaque fois, le cauchemar recommencera. L'appel aux parents, le répondeur, une fois, deux fois. Les urgences, ensuite – par chance, le pavillon des parents d'Émile n'est pas très éloigné de l'hôpital. Le dernier appel, donné de son portable, tandis que la chambre est ouverte, la lumière allumée et, soudain, Alex qui remarque que l'œil en plastique de l'ours en peluche grande taille, référence 472 du catalogue du supermarché du jouet, manque, ce trou béant et les yeux affolés d'Émile qui tente de faire comprendre, mais ne peut plus faire un geste. Un ultime coup de téléphone, Alex terrorisé, en attendant le SAMU, en ne sachant pas s'il faut taper dans le dos, en regrettant de ne pas connaître les gestes qui sauvent, en se mordant les poings. Marc qui décroche. Qui dit qu'il sera là dans une minute. Oui, sa femme est là, c'est le week-end. C'est où ?

Ils arrivent tous en même temps.

Les pompiers, le SAMU – le quartier entier sursaute, les télévisions s'éteignent et les volets s'ouvrent. Les casques qui brillent dans la montée de l'escalier. Les hommes en blanc, le brancard, et Alex, plaqué contre le mur du couloir, qui répond aux questions. Non, je suis le baby-sitter. Oui, ils sont partis. Oui, j'ai essayé de les joindre. Non, je ne sais pas exactement où ils sont. Puis la panique qui s'empare, qui monte de la plante des pieds jusqu'à la racine des cheveux – qu'est-ce qui va se passer ? Qu'est-ce qui va se passer ?

Marc qui se gare en catastrophe devant la camionnette du 18. Marc qui s'engouffre dans la maison. Marc arrêté net dans sa course par un des hommes du SAMU. « Vous êtes le père ? – Non. – De la famille ? – Non. – Mais putain, vous êtes qui ? – Je suis là pour Alex. Le baby-sitter. – C'est votre fils ? » Pas de réponse. Qui ne dit mot consent. Émile porté, transporté, passe en trombe, le visage sous le masque à oxygène. « On peut vous suivre ? – Bien sûr. » Et le répondeur des parents, toujours. Les sonneries dans le vide. Imaginer la musique, les guirlandes électriques, les exclamations qui fusent, bon anniversaire, ah, fallait pas, oh, c'est que c'est rudement beau, tandis que, derrière, un chanteur antillais s'égosille pour appeler *Célimène*.

Il s'en tirera.

Tout le monde s'en tirera.

Le gamin sera assez vite sorti d'affaire, mais il pleurera beaucoup une fois l'intrus dégagé de sa gorge. Il aura pendant quelques semaines des douleurs en avalant, et il reviendra temporairement aux biberons et aux purées de légumes en pots. Certains croient qu'avant six ans on n'a aucun souvenir, et ils tablent donc sur le fait qu'Émile ne se souviendra de rien. D'autres pensent que l'expérience aura été traumatisante, et qu'elle s'inscrira profondément dans sa mémoire – elle resurgira peut-être dans son désir d'être opticien, fabricant de jeux ou chirurgien.

Les parents mettront plus de temps à s'en tirer. Madame a éteint le portable, parce qu'elle avait oublié de le recharger et qu'elle voulait économiser les briques. Trois coupes de champagne plus tard, elle l'a allumé pour vérifier si quelque chose avait été signalé et, soudain, cette avalanche de messages, venant tous du seul numéro qu'elle connaissait par cœur – le sien.

Le cri pendant la fête. Le presque évanouissement, mais il faut être fort, il faut courir, se ruer dans la voiture, pleurer et hurler en même temps, *Émile, Émile*. De loin, ou bien dans une série télévisée, la scène pourrait prêter à rire et on se moquerait de bon cœur. En fait, non.

En fait, on n'a qu'une seule envie, c'est de la prendre contre soi et de lui répéter que tout ira bien, même si on n'en sait rien, mais alors là, rien du tout. Et le père, les bras tendus sur le volant, qui se répète mentalement que si le gamin y passe, lui, il y passera aussi, il n'y a plus de raison de vivre quand ton enfant est mort, sauf d'aller vers les religions orientales, le don de son temps et de son argent aux sans-abri ou aux lépreux, l'abnégation, mais il n'est pas capable de ça, non, tout ce qu'il sait faire, c'est réparer des voitures cassées, les remettre à neuf, en vendre aussi – tenir les comptes, il laisse ça à sa femme, à sa femme qui pleure comme elle n'a jamais pleuré, et qu'il ne peut pas consoler parce qu'il conduit.

Il fait une embardée quand le portable sonne de nouveau. Il se retrouve à prier, lui qui n'a jamais cru en rien depuis le jour où les curés l'ont forcé à bouffer des pâtes froides dans lesquelles les mouches avaient pondu, pendant un prétendu séminaire de cinq jours pour préparer la confirmation – des tarés, des sadiques, il l'avait pensé très fort, et il s'était promis que, s'il s'en sortait vivant et en bonne santé, il ne prierait plus jamais, et il n'avait plus jamais prié, jusqu'à ce soir, parce que ce soir, qu'est-ce qu'il reste, hein, qu'est-ce qu'il reste ?

Tout.

Il reste tout, tout à coup.

Sa femme pleure encore, pleure toujours, mais elle rit en même temps, elle s'arrache les cheveux, elle se mord les lèvres, elle crie « il est sauvé, il est sauvé », elle n'arrive pas à dire autre chose, et, d'un seul coup, c'est une journée de juillet au cœur de la nuit d'hiver, d'un seul coup, tout se remet à couler, les rivières et les glandes lacrymales, les veines, le sang, les fleuves. Il s'arrête sur le bas-côté, trente secondes, il sent le visage de sa femme barbouillé de larmes, il sent l'odeur de sa femme quand elle cache son visage dans son cou, il sent l'eau qui mouille sa chemise, ils restent ensemble comme ça, trente secondes, soudés l'un à l'autre, seulement trente secondes, il sait déjà que ce sont les trente secondes les plus belles de sa vie et qu'au moment de mourir, c'est là qu'il reviendra, là, juste là, sur le bord de cette route, dans cette nuit de février, revivre le sauvetage, c'est ça, le sauvetage – maintenant, tout peut continuer.

Alex s'en tirera également – et avec les honneurs.

Même si, dans un premier temps, dans les couloirs de l'hôpital, il jurera qu'on ne l'y reprendra plus, et que plus jamais il ne passera ses soirées à veiller les enfants endormis. Les jours suivants, la rumeur ira bon train. Elle passera par la boulangerie et sera relayée par une Mélanie tout émoustillée, qui ajoutera une viennoiserie supplémentaire, exigera des détails, la soirée par le menu, les pompiers, la panique, tout, et qui terminera en demandant à voix basse à Alex des nouvelles de son ami, celui qui a perdu ses parents dans un accident de voiture. Alex inventera un départ précipité à l'autre bout de la planète – pour oublier et se refaire une vie. Mélanie hochera la tête. C'est tellement compréhensible.

C'est tellement plausible. C'est tellement de la fiction. Elle adore.

Et il y aura la voiture, bien sûr.

Cette petite carcasse d'un vert criard, aux cent mille kilomètres, douze ans d'âge bien sonnés – mais remise à neuf par le père d'Émile. Il y a consacré deux semaines – toutes ses soirées et tous ses moments de libre, tandis que sa femme cédait à tous les caprices de leur fils – sauf les peluches, parce que maintenant, la famille se découvrait une allergie aux peluches.

C'est sa façon à lui de remercier, il ne sait pas faire autrement. Et un jour, quand Alex passe, puisqu'il passe maintenant régulièrement pour prendre des nouvelles d'Émile qui va insolemment bien et fait tourner son monde en bourrique, mais marque toujours un temps d'arrêt devant Alex et se montre avec lui doux et obéissant comme un agneau, un jour donc, le père d'Émile demande à Alex : « Vous êtes venu comment ? – En bus, comme d'habitude. – À partir de maintenant, ça va changer. – Pardon ? » Il le prend par le bras, l'amène devant la maison. Il dit : « Vous avez sauvé la vie de mon fils. Je suis garagiste. C'est la moindre des choses que je puisse faire. À part l'extérieur et les sièges, elle est toute neuve – les pneus, les plaquettes, le démarreur, la batterie, tout. Elle est assurée pendant un an. Elle est à vous. » Et il laisse tomber les clés dans la main d'un Alex éberlué.

La multinationale qui fait produire ses ours en peluche en Chine s'en tirera aussi, qu'est-ce que vous croyez ? Il sera bien question d'un procès, de jeux dangereux, d'œil mal fixé, de mauvaise qualité de la finition – mais tous les poissons seront noyés et, d'ailleurs, le sort du monde n'en dépend pas. L'oubli est un facteur important. Il permet aux questions importantes de ne pas être posées.

Marc s'en sortira également – mais il avait peu à jouer et son gain est donc maigre. Il remporte des séances de baby-sitting gratuites dont il ne veut pas, parce qu'il a toujours pensé que tout travail mérite salaire. Il remporte l'admiration temporaire de son épouse, ce qui est toujours bon à prendre, car, dernièrement, les cieux du couple s'assombrissent. Et, enfin, il gagne cette drôle de relation avec le jeune homme qui vient chez lui garder les enfants. Maintenant, les soirées durent. Lorsque Marc sort, désormais, il revient chez lui en sifflotant parce qu'il sait que la nuit va se prolonger jusqu'à deux ou trois heures du matin, discussions à bâtons rompus et armes égales. Quand on a lutté à deux pour la survie de quelqu'un d'autre, toutes les barrières s'affaissent et on entre dans le no man's land de l'intimité – un terrain vague, mais chaleureux sur lequel tout reste à bâtir.

Un cadeau, quoi.

V

Ce matin, Alex sifflote.

Il n'est pas le seul.

C'est la première fois que la température dépasse dix degrés le matin et que le soleil se montre si généreux. C'est LE jour de l'année où on oublie le hurlement des sirènes de pompiers, le réchauffement de la planète, et à quel point la vie doit être difficile à Bagdad. De plus, c'est samedi. Le week-end s'ouvre devant lui.

Il y a une autre raison qui rend Alex de bonne humeur. La veille, il a pour la première fois gardé les enfants d'Irina. Il les avait déjà rencontrés deux jours auparavant. Il les avait trouvés craquants – sympas, rigolos, obéissants. La soirée a confirmé ses intuitions. Aucune crise, aucun reproche latent, beaucoup de câlins et de bisous. Ils sont deux – un garçon, une fille, le choix du roi. Le roi, prénommé Gilles, est d'ailleurs très chaleureux, cadre dans une entreprise, un peu débordé, un peu lassé, ne croyant plus du tout à la société libérale, n'y ayant jamais réellement cru d'ailleurs, et planifiant leur avenir dans la maison d'hôte, le tourisme régional, loin des carottes en béton

– parce que ça s'appelle comme ça – et autres plaques d'isolation qu'il est censé vendre à des clients récalcitrants.

Le prince, la princesse, le roi – mais la plus attachante, c'est la reine de la ruche, avec son air dépassé par les événements, ses soupirs de découragement parfois, sa main qui se porte à son front – et le sourire qui ponctue toutes ses actions.

Irina a trente-sept ans et, avant la naissance de ses enfants, elle a multiplié les petits boulots. Prof remplaçante de russe, acheteuse internationale de textile, négociatrice en immobilier avec les clients étrangers, et même responsable de la logistique du transport de roses entre l'Équateur et la Russie. La Russie, toujours. Évidemment. Irina y est née. Elle y a passé une partie de son enfance. Elle parle russe, bien sûr. Elle maîtrise de même l'anglais, l'allemand, le polonais et a de bons rudiments de serbo-croate. Elle n'est jamais retournée dans son pays d'origine depuis presque trente ans. Elle n'a aucune réticence avec la langue, ni avec la littérature ni avec les habitants. Mais elle a des réticences avec son passé. Son père était russe, enfin soviétique, disait-on à l'époque, et travaillait pour une agence gouvernementale. Il a rencontré sa mère, toute jeune émigrée à Moscou, employée à l'ambassade de France, à la recherche d'aventure et plus si affinités. Affinités, il y a eu, ainsi que mariage, enfant, et un soir, son père n'est pas réapparu. Jamais. Le dossier a été vite classé – disparition volontaire, assassinat crapuleux, mobiles politiques ou véreux, suicide, on n'en saura rien, madame, en ce cas autant l'oublier. Irina avait huit ans. Elle aurait voulu tout oblitérer, mais la langue s'était déjà imprégnée en elle et coulait de source. Sa mère a tenté de se battre, elle a vite compris cependant qu'elle n'était pas la bienvenue dans les affaires de ce qui s'appelait encore l'URSS. Un jour, il a fallu plier bagage. Rapidement. Elle est revenue fissa en France, avec sa fille comme seul souvenir. Comme seule preuve. Sa mère vit maintenant dans la banlieue parisienne, et concubine avec un gérant de supermarché qui ignore presque tout des pays de l'Est – ils passent leurs vacances en Espagne, à Benidorm.

Irina a pris un mi-temps à la naissance de Juliette – elle travaillait dans l'exportation de roses – puis un congé parental à la naissance du second. L'entreprise dans laquelle elle travaillait a périclité entre-temps, elle se retrouve ainsi dans une situation étrange, coincée entre deux périodes d'absence du marché du travail. Elle ne sait pas très bien comment cela va se décanter, mais elle frappe dans ses mains et dit que ce n'est pas grave, on va trouver une solution. Il y a bien pire sur terre. Le salaire de son mari est suffisant, surtout depuis qu'il a eu cette promotion qui les a amenés à déménager de Rennes et à atterrir ici, au milieu de nulle part.

Alex est tombé instantanément amoureux.

Un drôle de sentiment, d'ailleurs, plein de vibrations et de chaleur, dénué de toute velléité de jalousie ou de possession. Il n'est même pas sûr d'être attiré sexuellement par elle. Il se sent attiré par son épanouissement. Par son rayonnement. Un soleil qui entrerait dans les pièces et dispenserait un peu de son optimisme. Alex la regarderait évoluer pendant des heures sans bouger.

À un moment, hier soir, elle lui parlait, mais il n'écoutait rien. Il se demandait seulement si elle laissait derrière elle de la poussière de fée. Il avait été obligé de se reprendre et de s'excuser. Irina détaillait la place des différents produits pharmaceutiques dans l'armoire de la salle de bains.

Parce que cette mère au foyer a besoin d'un babysitter. Justement parce qu'elle est mère au foyer. « Ils sont adorables, dit-elle, mais parfois, ils me pompent. » Elle fait une grimace, pouffe, porte une main à son front. « Vous trouvez ça bizarre ? » Irina demande constamment l'avis des autres. Elle a besoin d'être rassurée, elle a peur de mal faire – mais cela ne la paralyse pas pour autant. Elle agit et elle demande ensuite si elle a bien fait.

Hier soir, son mari avait une réunion au boulot, suivi d'un dîner d'affaires. Et elle, elle avait été invitée à l'anniversaire d'une copine, une mère avec laquelle elle avait sympathisé et dont le fils était dans la classe de son aînée. Elle connaissait encore peu de monde ici, et elle ne voulait pas rater le coche de l'invitation. Alors elle s'était dit que. Et elle avait entendu parler d'Alex. « On parle beaucoup de vous, dans le quartier, vous savez, depuis le truc d'Émile. »

Le truc d'Émile.

Alex ne savait que répondre à ça. Généralement, il hochait la tête. Hier soir, il a opiné du chef une fois de plus. Sauf qu'Émile était à des années-lumière de lui, hier soir. Alex n'y songeait pas du tout. En fait, hier soir, Alex ne pensait pas. Il tentait de ne pas fixer Irina, mais n'y parvenait qu'avec difficulté. Son regard se posait sur le menton, la joue gauche, l'oreille droite, le front – tout pour éviter les yeux qui plongent et découvrent l'intimité, et le sentiment qui se dévoile.

Alex avait été soulagé quand elle était partie. Il avait été occupé une partie de la soirée – des lectures, des chansons, le tout très animé, il fallait mettre le ton en lisant *L'île des Zertes* pour bien imiter le Martabaff et le Couv-Touïour, et suivre le rythme sur l'enchaînement des quatre comptines qui formait le rituel – *Le Tourbillon de la vie, Le Bon Roi Dagobert, Colchiques dans les prés et Il court, il court le furet.* Quand il était redescendu, Alex s'était senti fatigué et plein. Pour la première fois, il avait pensé que c'était peut-être ça, avoir des enfants. Ce sentiment d'épuisement et de bien-être tout à la fois. L'impression d'avoir accompli une journée débordée, chaotique, mais qui avait du sens. La sensation d'avoir vraiment une place dans l'univers. De s'inscrire dans une continuité rude, mais évidente – et solaire.

Sur le canapé, un Playmobil à la main, Alex s'était senti amoureux du monde et cela ne lui était pas arrivé depuis longtemps. Il avait nettement éprouvé le bouillonnement du sang dans ses veines et son trajet incessant. Il flottait dans un état euphorique mal défini – entre l'envie de prendre dans ses bras tous les gens qui passaient dans la rue (heureusement, il ne passait personne) et la conscience très aiguë de tous les éléments qui composent l'instant présent – le drapé du tissu, un défaut dans le papier peint, le bruit de ses semelles sur le parquet.

Il était resté comme ça un long moment, puis s'était endormi.

Au réveil, elle était penchée vers lui et souriait. Alex ne sait pas exactement ce que cela lui a rappelé – des images de Catherine un jour où il était malade, mêlées à des souvenirs très anciens de lecture, un livre d'enfants où la maman de Petit Ours Brun veille son fils qui a eu des cauchemars ; et aussi, tout au fond, un vieux fantasme incluant une infirmière – mais il s'est rarement senti si bien. Il s'est malgré tout relevé à la hâte, la bouche pâteuse et la chemise débraillée, en bafouillant des excuses. Elle a eu ce petit rire qu'elle a tout le temps, et lui a proposé un café ou une tisane. Curieusement, il a opté pour la tisane, lui qui déteste ça. Un liquide rougeâtre censé être aux mûres et qui assurait une Nuit Idyllique. Il voulait prolonger la sensation de bien-être qu'il avait eue en se réveillant, mais celle-ci s'était déjà réfugiée dans un des replis de sa mémoire, et il n'y avait plus accès.

Irina était légèrement pompette – elle avait pris une aspirine en plus de la tisane pour que la Nuit – et surtout le matin – soit vraiment Idyllique. L'alcool la rendait encore plus volubile que d'habitude – d'aucuns l'auraient qualifiée de saoulante, pas Alex, évidemment. Elle racontait la soirée – des histoires de trentenaires, il était question d'hommes, de rencontres, également de progéniture et de placements – Irina avait ri plusieurs fois au cours du dîner, mais elle s'était sentie très seule. Les autres se connaissaient depuis des années, elles avaient grandi ensemble, fréquenté les mêmes lieux et les mêmes gens. Ce n'était pas grave. C'était une bonne soirée quand même. « Pourquoi est-ce que je vous raconte tout ça ? – Euh… parce que votre mari n'est pas là ? » Un éclat de rire dans le salon, la main sur le front et le sourire qui perdure. « C'est sûrement ça. C'est moi qui dois avoir besoin d'un baby-sitter. Ou d'un psychanalyste. Enfin, bref, désolée pour tout ce déballage, c'est complètement incohérent et hors de propos. Vous reviendrez quand même ? »

Évidemment.

Parce que c'est très rare, un soir de garde d'enfants, de s'endormir le cœur léger.

Parce que c'est encore plus rare, le lendemain, de marcher avec la certitude qu'il y a sur terre des gens qui vous font du bien et qui ne s'en rendent pas compte. Pour la peine, Alex décide qu'il va s'acheter un pain au chocolat ET un chausson aux pommes.

Sauf que : rideau. Rideaux jaunes sur la boulangerie. Un samedi. Alex reste quelques minutes en face de la devanture, un peu perdu. Il se gratte la tête. Il a oublié où était la concurrence. Une vieille dame passe. Elle lui sourit. « C'est fermé. Si vous voulez du pain, c'est plus loin, sur la droite. Chez Tarandon. Juste avant le pont de chemin de fer. » Alex remercie. Il fait un signe de tête en direction de la boulangerie. « Ils sont en week-end ? » La vieille dame fronce les sourcils, puis secoue la tête. Elle s'approche d'Alex, prend des airs de conspiratrice, jette des coups d'œil à gauche et à droite, et serre son cabas contre sa poitrine. « Il l'a quittée. – Pardon ? – Comme je vous le dis, jeune homme. Il s'est barré. Il a pris la tangente. M'étonnerait pas qu'il y ait de la fesse là-dessous. » Elle reprend sa route et trottine jusqu'à l'entrée d'un immeuble, quelques mètres plus loin. Avant de pénétrer dans l'entrée, elle adresse un petit signe de la main à Alex. Elle est contente. Elle a parlé à quelqu'un, ce matin. Elle est parvenue à déverser une partie du fiel qui s'accumule dans ses membres, sous sa peau et dans ses veines – le fiel du devenir vieux, la frustration d'une vie où chaque chose est à sa place et où rien ne doit être dérangé en attendant la fin.

Alex pousse jusque chez Tarandon, mais il n'a plus envie de petit pain et encore moins de chausson aux pommes. Il tente d'évoquer l'image et l'esprit d'Irina, mais le visage ne parvient pas à dissiper le sentiment de tristesse qui l'a assailli tout à l'heure. Il pense à Hadrien avec un H. Alex achète de la brioche. Voilà. Une grosse brioche hors de prix, mais surtout sans fruits confits et sans crème. Il va aller la partager avec Mélanie et ses enfants. S'ils sont là.

Au deuxième coup de sonnette, il y a sa voix. « C'est ouvert. » Une voix claire mais un timbre lessivé – toutes les couleurs ont été perdues dans les lavages récents. Elle a installé un fauteuil près de la fenêtre du salon. Elle regarde l'avenue, en contrebas. Elle se retourne à peine. Elle dit : « Ah, tiens, je croyais que c'était la voisine. Pourquoi t'es là, toi ? Y a pas de mômes à garder, ils sont chez ma mère. Tu viens contempler l'étendue du désastre ?

– Je viens voir si vous avez besoin de moi. J'ai acheté de la brioche. – De la brioche ? T'as rien trouvé d'autre que de la viennoiserie ? J'en ai par-dessus la tête de la viennoiserie, de la pâtisserie et du pain, complet, blanc, à l'ancienne ou aux lardons. T'es allé chez qui ? – Tarandon. – Il est pas plus con qu'un autre. Certainement moins que mon mari. Je sais même plus si je dois dire mon mari, d'ailleurs. J'aurais dû me le taper, le Tarandon. Oh, et puis non, il a vingt ans de plus que moi. Son fils, peut-être. – Vous connaissez tous les boulangers ? – C'est comme ça, dans ce métier. Enfin, dans tous les métiers, je suppose. Sauf le tien. Tu connais d'autres baby-sitters ? – Ce n'est pas mon métier. – Surtout que là, avec moi, t'es au chômage technique. Tu veux un café ? Prépare-le toi-même. J'ai pas le courage. »

Il faut du temps.

Il faut presque la matinée complète pour qu'elle accepte de boire quelque chose. Il faut presque la matinée complète pour épuiser la litanie des reproches et des imprécations, doublée de la désespérance quotidienne – qu'est-ce qu'elle va devenir maintenant, ce n'est pas elle, le boulanger, elle, elle n'est que la vendeuse, d'ailleurs, c'est ce qu'il lui a envoyé dans les dents en claquant la porte – *c'est tout ce que tu es, une vendeuse* – elle ne comprend pas, elle ne comprend rien, c'était elle qui devait partir normalement, c'était elle qui en avait ras-le-bol de la boulange, il a sûrement trouvé quelqu'un d'autre, mais comment ? C'est ça qu'elle ne saisit pas, il a des horaires tellement décalés, il pionce dès qu'il le peut, comment il a pu se dégoter quelqu'un ? À moins que ce ne soit le coup de foudre, il va chercher des cigarettes et, hop, il est embarqué dans une autre histoire.

Un soupir – un très long soupir.

Elle passe une minuscule étape. Celle qui consiste à tenter de gérer le quotidien des enfants. Ils ne peuvent pas rester éternellement chez leurs grands-parents. Il faut qu'ils aillent à l'école – et qu'ils travaillent bien, pour ne pas se retrouver vendeuse et tributaire d'un homme qui s'en va avec toute sa tendresse et toute sa richesse. Des vendeuses, on en trouve à la pelle. Des boulangers, non. Et ils sont tous les deux propriétaires de l'affaire, elle a mis autant de billes que lui, alors ce n'est pas simple. Pour l'instant, Yvan, l'employé, a dit qu'il voulait bien continuer, en attendant que tout devienne plus clair. Il a un cousin qui voudrait bien apprendre. Le chef était réticent, pas le temps de montrer, d'expliquer, mais vu qu'il s'est barré et que la situation est critique, Mélanie a accepté. Ce n'est pas comme si elle avait eu le choix.

Elle dévide, elle déroule – tout cela tourne à vide. Il est question d'emploi, d'argent, d'économie, de famille, d'enfants. Alex l'interrompt. Il dit : « Vous vous aimez encore ? » et là, quand elle relève la tête, ses yeux sont délavés, tellement délavés qu'il ne reste qu'une toute petite trace de bleu sur la neige. Elle hausse les épaules. Elle répond : « Tu verras, toi aussi. C'est difficile de tout tenir en même temps. Alors, l'amour, tu sais… Les sentiments, ce n'est plus une priorité. La priorité, c'est suivre le rythme.

Ma soupape de sécurité, tu vois, c'est les romans. Les histoires des autres. Et puis le baby-sitting. Pendant l'espace d'une soirée, tu peux te faire croire que tu vis une vie sympa et enrichissante. Faite de petits restaus et de balades le long de la plage, main dans la main. Sauf qu'il n'y a pas de plage et que je déteste qu'on me prenne la main, j'ai l'impression qu'on m'emprisonne. C'est pas très cohérent ce que je dis là, non ? Eh bien, je m'en fous d'être cohérente ! »

Un soupir, de nouveau. Alex pense aux partitions de musique. Il est allé en classe d'initiation, pendant un an. Il avait sept ans. Il a détesté ça. La moitié du temps, il s'agissait de solfège. De dictées de notes. Ce qui reste, c'est *pause, demi-pause, soupir*.

Elle reprend. Elle ne lâche pas l'affaire. Elle ne la lâchera pas avant longtemps. « Ce que je trouve incroyable, tu vois, c'est que c'est moi qui dois rester dans cette putain de boulangerie, et que lui, il s'est cassé. » Alex esquisse un geste, mais elle le fixe – son regard est un étrange mélange de dureté et de lassitude. « Et ne t'avise pas de me dire qu'il va revenir, parce que ça, je n'y crois pas une seconde. Et même. Il faut savoir ce qu'on veut, dans la vie. Quand on se tire, on se tire, on ne fait pas des allers et retours, ça n'a aucun sens. Tu veux quoi, toi, dans la vie ? »

Elle lève les yeux au ciel. Elle murmure : « Dix-neuf ans. C'est usant, les gens de dix-neuf ans. » Puis, un peu plus fort : « Ce que je voudrais, là, maintenant, c'est pleurer. Me vider. Tout sortir. Tout ce qui vient, c'est de la plainte. De la lamentation. De la guimauve. Et aucune envie de bouger. Pourtant, il faut que je bouge. La vie continue, comme on dit. Comme *je* le dis, tous les jours, aux clientes qui me racontent la lente agonie de leurs maris ou les maladies qui s'aggravent. La vie continue, oui. Je sais pas comment, mais elle continue. »

À la fin de la matinée, elle a posé sa tête sur l'épaule d'Alex et elle s'absorbe dans la contemplation de la rue. Elle ne parle presque plus. Le téléphone, lui, s'est mis à sonner. Les messages s'empilent comme autant de fils qui relient au monde. Sa mère, qui veut des nouvelles. Sa meilleure amie, Lili, qui s'inquiète. La femme du buraliste d'à côté qui demande si elle peut être utile à quelque chose. Mais aucune voix masculine. Les graves ont déserté les octaves du répondeur.

Ils restent là, tous les deux, sur le canapé – ils s'endormiraient presque. Alex entend le battement de son cœur à lui, mais très peu celui de son cœur à elle. Ils sont pris dans un entre-deux, une parenthèse gélifiée. Ils n'en sortent qu'au bruit de la clé dans la serrure. D'un seul coup, elle est debout, aux aguets. D'un seul coup, elle remet de l'ordre dans ses vêtements, jette un coup d'œil au miroir de l'entrée. D'un seul coup, elle retrouve toute son agilité – et elle découvre cette fébrilité nouvelle, les mains qui tremblent, le tic nerveux sous la paupière gauche. Il est de retour, c'est ça, il est de retour. Elle bondit vers la porte au moment même où son père parvient à l'ouvrir. Elle s'arrête net, et c'est comme si tout s'abattait de nouveau sur ses épaules.

Elle fait des présentations rapides. Elle demande s'il y a des nouvelles. Pas encore. Papa est venu parler. Papa est venu comprendre. Alex reprend doucement son blouson et dit qu'il téléphonera plus tard. Le père jette un coup d'œil soupçonneux. *C'est pour ça qu'il est parti ? Parce qu'elle s'envoie en l'air avec un jeunot ?* Alex s'éclipse. Il a juste le temps de percevoir, en refermant la porte, le sourire hésitant de Mélanie – un merci silencieux.

Il reste un moment sur le trottoir, immobile. Il essaie de revenir à Irina, à ses enfants, à son mari, même – mais son esprit est une toundra qui s'étend à perte de vue. Alex hésite. Il se demande ce qu'il fait là. Il se demande s'il ne vaudrait pas mieux qu'il disparaisse de la vie de ces gens qu'il connaît à peine, comme il était venu. *Vous avez sans doute rêvé. Pouf !*

Il pourrait partir à l'autre bout du pays, du côté Atlantique. Ou à Londres, recommencer tout de zéro. Il y deviendrait un Frenchie parmi d'autres. Un aspirant au succès financier. Pendant un court instant, Alex voit scintiller devant lui, dans cette rue ensoleillée, toutes les vies possibles qui s'offrent encore à lui et auxquelles, année après année, il faudra qu'il renonce – souvent sans y penser, souvent avec soulagement, parfois avec regret. Il pense à Mélanie, à Marc, à Irina. À tous ces vieux qui l'entourent et qui referment les portes des existences qu'ils auraient pu mener. À ce moment-là, Alex veut rester jeune. Rester jeune à tout prix.

Et il veut retrouver sérieusement le chemin de la fac. Être un étudiant studieux et irréprochable. Il a décroché son premier semestre à l'arraché, il est hors de question qu'il viande le second. Voir Marion, aussi. Parler calmement. Coller ses yeux dans les siens et mettre des mots sur ce qui coince, sur ce qui fait mal, sur ce qui empêche d'avancer ensemble. Poser la question simplement, sans chercher le mot qui fait rire ou la réplique qui tue – est-ce que nous continuons ensemble ? Est-ce que nous pouvons être un duo, c'est davantage qu'un couple, un duo, ce sont deux personnes qui ne sont pas fondues l'une dans l'autre, mais qui jouent ensemble, de concert, comme ça, il y a quelque chose qui les lie de plus fort que l'amour, oui, absolument, il y a cette évidence, nous marchons ensemble, l'un et l'autre, nous dépendons chacun de la liberté de l'autre, nous suivons le mouvement ou nous le précédons, nous ne sommes pas collés, nous sommes complices, voilà, complices. Peux-tu être ma complice ?

« Peux-tu être ma complice ? »

C'est comme ça qu'il pose la question, le soir même, tandis qu'ils sont tous les deux assis sur le canapé, dans l'appartement de Marion. Il a cherché une formulation moins pompeuse, moins grave, moins adulte surtout – une tonalité qui laisserait entrevoir les infinités de possibilités qui l'ont entouré tout à l'heure – il n'en a pas trouvé. Alors la phrase est sortie au milieu du silence du salon, elle reste en suspens, une poudre qui refuserait de se laisser liquéfier dans le milieu ambiant, elle prend Marion par surprise, elle la touche quelque part près du plexus solaire. Elle qui s'apprêtait à ironiser encore sur leur relation, sur leur drôle d'attachement, sur la régularité de leurs désaccords.

Elle ne dit rien, Marion.

Elle sait que le moment est important et qu'il détermine l'infléchissement de son existence. Soit elle reste de l'autre côté de l'avenue, sur le trottoir opposé et elle peut vociférer et rire de lui à sa guise tout en lui reprochant son manque de présence effective, soit elle traverse – et si elle traverse, alors ils sont ensemble, réellement, ils tentent de synchroniser leurs gestes sans verser dans la fusion, ils trouvent des compromis, ils cessent de tirer à hue et à dia. C'est une fille franche, Marion. D'aucuns la jugent un peu cassante, d'ailleurs. Trop indépendante, trop rentre-dedans. Sa mère lui répète qu'avec son caractère de cochon, elle finira sa vie seule, mais Marion sait qu'elle préfère finir sa vie seule plutôt qu'avec un homme comme son père, une absence ponctuée de crises d'autorité et de regrets intermittents. Elle ne ment pas, Marion – ou le moins possible. Elle se rend compte que si elle ment, là, maintenant, leur relation ne peut aller qu'à vau-l'eau. Elle réfléchit quelques secondes, des secondes qui ressemblent à des minutes, puis elle lâche d'une voix sourde qu'elle ne sait pas.

Elle ne sait pas.

Alex avait anticipé beaucoup de choses – son sentimentalisme tourné en ridicule, le soupir agacé, les yeux levés au ciel ou l'éclat de rire bref et tranchant

– mais pas ces quatre mots-là. Ces quatre mots qui font du surplace alors qu'il voudrait prendre une direction. Alex est perplexe – il lui en veut de ne pas se prononcer, mais en même temps, il lui sait gré de cette trêve et de cette hésitation admise. Il y a encore un petit silence – une *demi-pause* – puis elle se rapproche de lui. Elle pose son visage sur son épaule, comme l'a fait Mélanie tout à l'heure, à croire que son épaule est faite pour caler, ou pour amortir. Elle glisse son bras dans le dos d'Alex. Elle commence tout doucement à le caresser – elle féminise les lieux du désir masculin, soulève le tissu du boxer d'Alex et laisse ses doigts toucher une fesse, puis une autre. Elle sent le corps se tendre, un frisson léger mais réel, qui oblige Alex à se redresser – laissant ainsi un peu plus de place à la main de Marion, qui continue son exploration, les bordures, la face intérieure de la cuisse, la pilosité qui se dresse au contact des phalanges.

Lentement – la langue.

Un va-et-vient discret dans le cou, les lèvres comme en retrait, une humidité devinée, une ondulation sur une mer d'huile tandis que la main continue sa ronde, une danse de plus en plus lascive, une approche de plus en plus précise.

Alex émet un bruit – une sonorité gutturale qu'il ne s'est jamais entendu produire. Il ferme les yeux. Les questions et l'absence de réponse disparaissent devant l'exploration des géographies intimes. Des images font surface, la moiteur de l'air, une forêt tropicale dans laquelle il s'est égaré, il écarte les feuilles, larges, lourdes et lentes, sur sa peau, la sève qui s'échappe des troncs se mêle à la sueur – il entend la cascade, celle dont les vieux ont parlé dans le village, il l'entend, mais il ne parvient pas à la distinguer. Elle est là, autour, derrière, devant, partout. La végétation s'éclaircit, le sentier se fait plus ferme, il la sent, l'odeur, la fraîcheur, s'y plonger, s'y plonger.

VI

C'est un autre moment doux, dans l'appartement d'Alex, cette fois.

La fenêtre est ouverte sur la cour intérieure de l'immeuble et le vent soulève les rideaux posés par Catherine, la semaine dernière.

Parce que la semaine dernière, il n'y a pas eu de moments doux. Ni la semaine précédente. Et si peu, depuis un mois. Depuis la rupture avec Marion, début avril. Ils y avaient cru, pourtant. Ils avaient pensé qu'en posant cartes sur table et en s'efforçant de mettre des mots sur les frustrations, les malentendus allaient se dissiper et leur chemin devenir moins chaotique. Alex et Marion ont découvert que les efforts ne paient pas toujours et que parfois, en amour, ils ne signifient rien. Ils ont appris surtout que du jour au lendemain, les meilleures intentions peuvent devenir les pires. Il suffit de croiser un autre regard et de plonger dans d'autres perspectives.

C'est Marion qui a plongé la première. Un soir où Alex gardait les enfants d'Irina. Elle en avait assez d'être seule à l'attendre. Elle en avait marre de ces emplois du temps semainiers et de ce nombre de soirées limitées. Elle est sortie avec sa meilleure amie, Anna. Elle s'est rendue à une fête organisée par les étudiants de droit. Elle s'est prise de bec avec un dénommé Arnaud, un garçon qui la regardait de haut, avec ses oripeaux de rebelle à deux euros. Un mec pas impressionné. Difficilement impressionnable. Ayant voyagé dans de très nombreux pays. Désirant émigrer aux États-Unis, dernière terre où la libre entreprise n'était pas un vain mot, selon lui. Des étincelles. Une dispute sur la forme – il s'était moqué de ses habits, elle avait raillé ses manières, son assurance et sa morgue. Elle avait ajouté qu'une attitude comme la sienne ne pouvait qu'essayer de dissimuler de gros problèmes relationnels. Une autre querelle, cette fois sur le libéralisme et l'intervention de l'État, l'égoïsme et l'individualisme. Une de ces lames de fond qui font parfois le ciment des couples – loin de cette succession de chamailleries entre frère et sœur qui émaillaient sa liaison avec Alex.

Elle était rentrée chez elle très énervée. Elle avait téléphoné à Alex, le suppliant de revenir tout de suite parce qu'elle ne supportait plus son absence. Alex ne pouvait pas – il n'allait tout de même pas laisser les enfants tout seuls. Les mots avaient dévalé une pente dangereuse. Marion s'en rendait compte au fur et à mesure des minutes qui passaient, mais elle ne parvenait pas à faire retomber la tension. Ce n'était pas à lui qu'elle en voulait, et pourtant, c'était quand même lui, le responsable. Elle avait eu une phrase très dure, qu'elle regretterait probablement pendant des années, et elle avait raccroché. Quand la sonnerie du portable avait retenti quelques secondes plus tard, elle était persuadée que c'était Alex qui rappelait. Sauf que non. C'était l'autre. La nuit avait été un grand huit qui donne mal au cœur, mais confère ce formidable désir d'être en vie. Marion partageait la vie d'Arnaud depuis un mois. Ce n'était pas simple, mais elle avait l'habitude. Elle en prenait son parti. Elle savait qu'en fait elle aimait la complication.

Pas Alex.

Alex n'aimait pas tellement la complication. Alex en avait sa claque de la complication. Quand, en tournant sa cuillère dans son café, elle avait parlé d'Arnaud et dit qu'elle était un peu perdue, qu'elle se demandait si, pendant un temps, elle ne pourrait pas les fréquenter tous les deux, retrouvant par là même ce terme daté et désuet, « fréquenter », un mot qui appartenait aux romans sentimentaux des années quarante et aux comédies américaines de l'âge d'or, Alex avait répondu non. Un non franc et massif. Les débris de ce non étaient tombés devant eux, sur la table du bar où ils s'étaient retrouvés pour soi-disant faire le point. Il s'était levé, il aurait voulu paraître digne, mais il avait titubé un peu, pourtant il n'avait pas pris une goutte d'alcool. Quand il était sorti du bar, il y avait beaucoup de soleil, il avait mis sa main en visière, mais ça n'avançait pas à grand-chose, alors il était parti à l'aveugle et à l'aveuglette – il avait remonté l'avenue. C'est comme ça qu'il était sorti de la vie de Marion.

Ce n'était pas comme ça qu'elle était sortie de sa vie à lui.

Son image flottait encore dans l'appartement. Elle avait d'aillcurs oublié là un soutien-gorge, deux tee-shirts et une boucle d'oreille, retrouvée sous le lit un jour de grand ménage. Alex était surpris. Il ne pensait pas que la rupture serait si difficile. Il s'était dit qu'ils avaient tous les deux trop tiré sur la corde et qu'ils étaient arrivés au bout de leur histoire. Que des conneries. Il se retrouvait très souvent à lui téléphoner mentalement, à mettre au clair certains points, à lancer des anathèmes ou à proposer des compromis, encore des compromis, tout plutôt que le silence dans l'appartement, soudain – silence très relatif, puisque le petit Guilbert, en grandissant, n'avait apparemment rien perdu de sa puissance vocale ni de sa capacité de nuisance nocturne.

Il avait été très abattu. Il avait pensé abandonner la fac. Tant qu'à faire, autant jeter le bébé avec l'eau du bain, puisqu'il n'y avait plus de linge sale à laver. Il était lucide et devinait que tourner toute la journée dans un T2, même à *kitchenette très fonctionnelle*, n'amènerait rien de bon. Il s'était donc inventé une passion pour la civilisation britannique et la linguistique – plus c'était loin de son expérience personnelle et mieux c'était. Pour combattre les soirées, le moment le plus délicat du célibataire, il s'était jeté à corps perdu dans la garde d'enfants, allant même jusqu'à proposer ses services bien qu'on ne lui ait rien demandé.

Il avait parlé à Marc. Un soir où Marc était rentré plus tôt que d'habitude, déçu par une soirée avortée. Ils avaient déplié les chaises longues dans le jardin et entamé la bouteille de whisky. Il avait dévidé – tout en vrac. La rupture, le questionnement, les filles, les femmes, comment on fait, qu'est-ce qu'on veut et pourquoi n'y arrive-t-on pas ? Marc avait voulu être rassurant, mais depuis quelque temps, la géographie instaurait entre sa femme et lui une distance qui n'était pas que kilométrique, et lui aussi tentait de faire le point sans parvenir à voir autre chose que du flou. Le whisky n'aidait qu'à rendre les contours plus indistincts encore, jusqu'à ce que les yeux se ferment tout seuls.

Il avait tenté de parler à Irina.

Il l'avait croisée au centre-ville, un jour, en sortant de la fac – elle avait été surprise et trouvait la rencontre impromptue amusante (Alex ne la trouvait que logique : puisque la ville était petite, il était fatal de se croiser de temps à autre) ; elle avait proposé de boire un verre ensemble – en terrasse, il fait beau, profitons-en. Il aurait voulu lui demander conseil – comment il devait agir, s'il le devait, avec Marion, recoller les morceaux ou laisser le puzzle se défaire pour en recommencer un autre ? Il aurait voulu qu'Irina lui explique les années qui passent, les remords ou les regrets, comment on parvenait à faire la paix avec tout ça, comment on devenait Irina, la légèreté dans les gestes et ce sourire bienveillant posé sur les lèvres presque en permanence.

Il n'avait pas osé. Elle était volubile. Elle parlait de ses enfants, de ses projets. Elle questionnait, mais sur du factuel uniquement – les études, les vacances à venir. Il avait renoncé.

Il avait cessé pendant un temps de se rendre aux soirées étudiantes, parce qu'il craignait de se cogner à Marion et à Arnaud. Il pensait que ses camarades insisteraient pour le voir, le harcèleraient au téléphone et que, grand prince, il finirait par céder. Mais les étudiants papillonnent et Alex s'était vite rendu compte que si l'on souhaitait disparaître totalement de ce monde-là, rien n'était plus facile – les liens se désagrégeaient à une vitesse phénoménale dans ces années de postadolescence, et l'absence aux soirées signait une sorte de mort lente.

Les week-ends pouvaient être longs. Deux semaines auparavant, Alex ne s'était pas senti le courage de passer encore un dimanche quasi solitaire, avec l'impossibilité de joindre ceux qui cuvaient l'alcool de la veille. Le vendredi soir, en sortant à onze heures et demie de la maison d'ingénieurs agronomes qui réduisaient les contacts avec leur baby-sitter au maximum, il avait pris le volant et décidé d'aller chez sa mère. Il sentait bien, depuis quelque temps, qu'elle se faisait à sa nouvelle situation, qu'elle avait accepté d'avoir un fils adulte qui vivait sa propre vie, et que cela nécessitait de redistribuer les cartes. Elle téléphonait plus rarement ; c'était lui, maintenant, qui donnait le coup de fil. Les conversations étaient toujours longues, mais Catherine ne se plaignait plus de l'absence de son fils. Elle racontait à la place les sorties qu'elle organisait avec ses collègues. Alex aurait dû s'en trouver ravi – il n'en était que vexé. Il soupçonnait sa mère d'avoir un homme dans sa vie, et il était blessé qu'elle ne lui en parle pas.

Puis, d'un coup, la route, avec l'autoradio à fond. La lumière des phares qui éclaire une campagne déserte. L'impression, encore, d'être au bout du monde – ou à la fin de l'histoire de l'humanité. En se garant devant cet ancien chez-lui, il avait remarqué qu'aucune lumière n'était allumée. Il s'était dit que Catherine dormait déjà, mais quand il était entré, le silence sentait l'abandon. Elle n'était nulle part – une désertion nocturne. Après une douche rapide, Alex s'était écroulé sur son lit d'adolescence, avec un soupir d'aise.

Il avait vaguement entendu du bruit à un moment de la nuit, mais il ne s'était pas vraiment réveillé. Son portable était éteint, personne ne savait où il était. Parenthèse. Oubli.

Il s'était levé bien avant elle et il avait souri de ce renversement des rôles – elle lui avait tant de fois reproché de n'ouvrir les yeux que lorsque la journée était déjà bien entamée. Il était allé chercher le pain et le journal, et il disséquait les nouvelles locales lorsqu'il avait entendu des pas dans l'escalier. Il se préparait mentalement – la mine réjouie et la *surprise !* au bord des lèvres. La surprise était restée bloquée dans sa gorge quand il avait deviné que la silhouette qui se dessinait était masculine. La surprise s'était transformée en nœud au niveau des entrailles quand il avait découvert que cette silhouette masculine, dont la tenue légère ne laissait guère de doute sur le degré d'intimité qu'elle entretenait avec sa mère, était en réalité son père.

Parfaitement.
Son père.

Immobile, lui aussi. Interdit. Ils étaient restés figés à quelques mètres l'un de l'autre. Les yeux du paternel s'étaient écarquillés, presque autant que ceux d'Alex. Les mots étaient montés, mais n'avaient pas pu sortir.

Ils hésitaient, tapis sur la langue, ne sachant pas que. Ne sachant pas comment. Et surtout, ne sachant pas pourquoi.

C'est son père qui avait brisé le silence. Il avait tenté, d'une voix éraillée, un « Bonjour, mon grand », dont tous les deux mesuraient l'idiotie. Alex s'était senti rougir jusqu'à la racine des cheveux, et il en était furieux. Il n'y avait pas à s'empourprer – lui avait le droit d'être ici, son père, non. Son père avait enfin esquissé quelques pas, s'était servi un café en ayant l'air de très bien savoir où se trouvaient les différents ustensiles. Il s'était assis en face d'Alex, enfin, pas exactement en face, juste un peu en décalé, sur la droite – là où il ne risquait pas d'être atteint directement par une gifle ou un coup de poing, avec la porte d'entrée à sa gauche comme une échappatoire possible si les choses tournaient mal.

Elles tournaient, les choses.
Elles tournaient dans la tête d'Alex.
Elles n'arrêtaient pas de tourner.

Alex avait décidé de ne pas lui demander ce qu'il faisait là. C'était inutile, et il avait besoin de toute sa concentration et de toute son énergie pour feindre l'indifférence. S'ensuivit un silence aussi long qu'embarrassant. Et le père, de nouveau, la voix à peine plus ferme que la première fois. « Je suis en vacances. – Super. – Je… Alex, je n'ai pas été… – Ah, non, s'il te plaît, tu m'épargnes le couplet je sais que je n'ai pas toujours été un bon père pour toi, mais il est encore temps de se rattraper. »

Le père est interloqué. Il n'a pas vu son fils grandir et il ne s'était pas rendu compte encore de cette nouvelle capacité d'analyse, de cette façon de toucher juste et de ne pas faire de concessions. Il en éprouve du respect, même une certaine fierté. Lui, il n'est pas comme ça. Il se laisse toujours porter par les événements et ce sont souvent les autres qui décident pour lui. Il est heureux de voir qu'il n'a pas transmis le gène de la passivité. Il ne peut pas imaginer à quel point il se met le doigt dans l'œil ni à quel point il est assis en face d'un étrange autoportrait. Le saurait-il d'ailleurs que cela ne l'avancerait pas à grand-chose, puisque Alex ne voudrait pas entendre parler de cette ressemblance. Le père est à court d'idées, et, comme d'habitude, il parle au lieu de réfléchir. « De quoi on va parler, alors ? – De ta femme, par exemple. Elle va bien ? – Ce ne sont pas tes oignons. – C'est elle qui m'a viré de chez toi. – C'est pour ça que je suis ici. – Ne raconte pas n'importe quoi. – Ce n'est pas n'importe quoi. Je suis venu pour… » Il fait des gestes avec les mains, puis il hausse les épaules. À quoi bon expliquer à Alex – surtout à lui.

C'est là, soudain, qu'Alex souffre d'un retour d'amour filial. Il pense à la petite carte qui se trouvait dans sa boîte aux lettres la veille et qu'il a calée dans son portefeuille. *Le mage Degor, expérimenté, problèmes d'argent, retour de l'être aimé, simple et rapide*. Personne ne croit à ces boniments. Et pourtant, tout le monde garde à un moment ou à un autre une de ces cartes de visite dans sa poche, comme un talisman – des fois que.

Alex regarde son père, son impossibilité de mettre en mots ce qui lui tombe probablement dessus au détour de la quarantaine – *Est-ce que j'ai bien fait, au fond ? Est-ce que ma vie correspond à ce dont je rêvais ? Aurais-je dû rester avec la première et assumer l'enfant ?* Pour la toute première fois, Alex trouve son père jeune. Oui, jeune. Jeune dans son manque d'assurance, dans cette façon de recoucher avec une ex, dans cette maladresse qui le pousse à écraser toutes les porcelaines de sa démarche d'éléphant. Alex ne dit rien, mais il décide d'enterrer la hache de guerre.

Mais avant qu'il ait pu l'enfouir et le faire savoir à son ennemi atavique, voilà Catherine qui arrive. Qui marque également un temps d'hésitation devant la cuisine surpeuplée. Puis qui franchit la frontière avec les bras, les jambes, la bouche – et surtout la langue. Elle multiplie les questions, les exclamations, les interjections – les deux hommes en face d'elle sont suspendus à ses lèvres et tentent de suivre le flot. *Qu'est-ce que tu fais ici ? Mais pourquoi tu ne m'as pas appelée avant ? Quand est-ce que tu es arrivé ? Et tu avais la clé ? Oh, là, là, là, ça fait plaisir ! Qu'est-ce que je suis contente ! Et la fac ? Et ta copine ?*

Alex a l'habitude – son père semble la retrouver également. La tornade passe et Catherine s'affale, déjà passablement épuisée, sur une des chaises en bois. Alex tente de reprendre méthodiquement un discours, ou plutôt – il repense à ses cours de littérature – un récit. Il s'amuse avec les mots de liaison et les articulations chronologiques. Il les traduit mentalement en anglais et il se dit qu'il est en train de remettre de l'ordre dans sa vie. Il raconte posément la rupture – il n'en revient pas, alors qu'hier encore, le sujet était d'une sensibilité épidermique –, la solitude accrue, le baby-sitting comme alternative de vie et de catharsis.

Interruption paternelle. « Tu fais du baby-sitting, toi ? » Le « toi ? » perçu comme une agression, un *je ne t'imagine pas*, un *on aura tout vu*. Instinctivement, les griffes qui refont surface, les mains sur la table, les ongles dans le bois. « Oui. C'est comme ça que je gagne ma vie et que je paie mes études. – Je n'aurais jamais été capable de faire ça. – D'ailleurs, tu ne l'as pas fait. » La phrase est partie comme un obus et atteint directement son but. Une tranchée sur le visage du père. Le reproche de l'abandon, aussi attendu que dévastateur.

Et, au moment le plus fragile – quand tout est sur le point de basculer –, Alex a ce geste. Il donne à son père une tape sur l'épaule. Et il se met à rire. Un vrai rire. Un rire comme ceux d'Irina. Un rire qui module. Un rire qui démarre dans les graves et monte petit à petit les octaves. Un rire qui s'échappe par la fenêtre. Le père le reconnaît, ce rire. C'est celui qu'il a eu, il y a longtemps. Avant que son premier fils naisse. Avant que la vie devienne tout à coup si sérieuse. Il accompagne son fils. Ce n'est pas une décision mûrement réfléchie, c'est juste une contagion. Une épidémie qui atteint aussi Catherine – Catherine rit facilement, elle a toujours fait contre mauvaise fortune bon cœur, et d'ailleurs, elle n'a jamais pensé que son fils était une mauvaise fortune : quand il rit comme ça, elle donnerait tout pour lui, elle donne tout pour lui en fait, sauf que, dernièrement, elle s'est dit que ça suffisait maintenant. Toutes ces histoires avortées par crainte de déstabiliser Alex. Tous ces hommes qui fuyaient non pas, comme le croit son fils, parce qu'ils se sentaient étouffés par son amour, mais à cause de cette responsabilité supplémentaire, être beau-père, recomposer une famille – ils avaient déjà souvent leurs casseroles de leur côté et n'avaient guère envie de rajouter celles de Catherine pour faire un concert. L'image fait redoubler le rire de Catherine et relance une tournée d'hilarité.

La vague s'apaise peu à peu, laissant derrière elle une légèreté palpable. « Je veux contribuer financièrement à tes études. » Alex a un sursaut héroïque. Il veut refuser, insister sur le fait qu'il se débrouille très bien tout seul et que c'est trop tard. Ajouter que cela va mettre Catherine dans une drôle de position – une position de quasi-prostituée, « elle vend son corps pour payer la fac à son fils ». Il se redresse et il est très surpris de ne s'entendre émettre qu'un vague grognement. C'est qu'entre-temps des images sont passées devant ses yeux. Des fringues, un nouveau lecteur MP3, un matelas plus confortable, quelques livres, une nouvelle guitare, un ordinateur portable et, pourquoi pas, un chevalet et des toiles – il s'est toujours dit qu'il adorerait peindre, comme Bastien, mais il s'est toujours réfugié derrière les dépenses engendrées – trop cher, trop pauvre. Il n'arrive pas à dire non. Il sait que c'est son problème, en général : il ne sait pas s'avancer, mettre les mains sur la table, regarder l'autre dans les yeux et dire non.

Son père parle encore. Lui qui n'a pas dû adresser plus d'une dizaine de phrases à son fils dans les deux dernières années se met soudain à communiquer. Alex pense aux miracles du sexe. L'acte sexuel épanouit. Le cul dénoue et apaise les tensions. C'était déjà comme ça, avec Marion. Le prénom surgit et le frappe violemment à la poitrine, mais il ne peut pas vaciller. Il doit jouer son rôle de fils. Un fils devenu lucide, conscient et vaguement sarcastique. Celui que tous les adultes rêveraient d'avoir, sans jamais se l'avouer. « Tu sais, Alex, ta mère et moi, ce n'est pas ce que tu crois. – Je ne crois rien. – Tant mieux. Nous non plus, nous ne croyons rien. Nous ne savons pas où nous allons. Nous ne sommes pas persuadés que c'est une bonne idée. C'est juste que… non, rien. » Alex sent la perche tendue, mais refuse de la prendre. Tout à coup, il se sent loin. Catherine et son père, sur un de ces bateaux qui traversaient l'Atlantique au début du siècle, et qui, parfois, heurtaient des icebergs. Et lui, sur le quai, agitant son mouchoir en leur criant des encouragements. Bonne route, bon vent. Le paquebot devient un point sur l'horizon. Alex se retourne, en proie à un léger vertige – il y a en lui un pincement de regret, bien sûr, mais également cette sensation de liberté toute neuve ; à présent la vie commence. Chacun sa route.

Catherine sent son fils. Elle a suivi la piste de ses réflexions. Elle a remarqué ses empreintes de pas mentales. Elle se lève et se dirige vers la salle de bains. Elle sait qu'il n'y a pas d'issue. C'est le drame quotidien des mères et des fils – vivre pour eux, jour après jour, en s'oubliant presque totalement, puis, soudain, vivre pour soi de nouveau – vivre avec ce trou, cette enveloppe, cette absence de sa propre existence depuis tant d'années.

Alex n'est resté que jusqu'à la fin de l'après-midi. Ses parents – mais que c'était étrange de les accoler comme ça, même seulement grammaticalement, un pluriel au lieu de deux singuliers, c'était presque une insulte à la syntaxe – étaient invités le soir même. Dès que le conjugal se conjugue et que l'affectif s'assagit, le social revient au galop et on accueille avec bonheur et joie dans le giron amical le couple reformé.

Ils avaient proposé à Alex de rester autant de temps qu'il le voudrait. Il avait prétexté des rendez-vous, une fête jusqu'au petit matin, profiter de la vie – et ils avaient souri. Sur le chemin du retour, dans la Twingo verte, Alex avait pensé à ses demi-sœurs, qui n'avaient jamais vraiment été demies. Trop jeunes. Trop gâtées. Elles le voyaient comme un intrus qui pourrait potentiellement leur prendre du terrain. Les sœurs de Cendrillon – sans Cendrillon. Il se demandait comment elles vivaient tout cela. Les atermoiements des adultes. La valse hésitation. Les quasi-ruptures et les retours les yeux baissés. Elles étaient petites encore, une en 4e et l'autre au CM2. Pour Alex, c'était différent. Il n'avait jamais vraiment eu de père. Et cela n'allait pas commencer maintenant.

Il y avait des grappes de gens dans la rue. Des hordes qui sortaient du cinéma. Des chapelets qui entraient dans les restaurants et les bars. Un samedi soir en province. Alex était resté un moment immobile sur le trottoir, ses clés de voiture dans la main. Le tiraillement habituel – va te coucher, prends un bouquin, laisse le calme se faire en toi, sors, bouge, bois, danse, c'est peut-être ce soir que ta vie bascule. Faux tiraillement d'ailleurs. Il savait d'avance qu'il choisirait de sortir. L'autre proposition n'était là que pour lui donner bonne conscience. Il devinait que le jour où les plateaux de la balance basculeraient et que la soirée se passerait à la maison, ce soir-là, il aurait fermé la porte à toute une partie de son existence.

Un bar, donc.

Un bar où il retrouve des étudiants de sa promotion, qui font comme s'il avait toujours été là. Qui se scindent en deux groupes quand sonne minuit – un groupe citrouille qui veut continuer la nuit chez l'un d'eux, à picoler et à fumer tranquillement, un groupe carrosse qui a envie de bouger la croupe et qui opte pour la discothèque la plus proche – celle qui vient d'ouvrir au centre-ville.

Alex choisit le second groupe.

D'abord, parce que, s'il n'a jamais aimé les boîtes de nuit, il n'est pas de ceux que l'idée de danser inhibe. Et surtout, parce qu'il n'est pas débarrassé de la crainte de rencontrer Marion dans les soirées étudiantes – alors que, c'est sûr, elle ne mettra jamais les pieds dans une discothèque. Dernier argument, non des moindres, il y a dans ce groupe-là une blonde affriolante et une brune mystérieuse. Et beaucoup plus de filles que de garçons.

Va donc pour la discothèque.

Au bout d'une demi-heure sur la piste de danse, la blonde affriolante a déjà trois prétendants, et Alex n'est pas du genre à s'imposer. La brune mystérieuse devient bien moins brumeuse après quelques verres d'alcool – elle parle même en continu, dévoilant toutes ses blessures intimes ainsi que celles de ses meilleures amies et des meilleures amies de ses meilleures amies. Alex a chaud. Il promène un regard désabusé sur le dancefloor, les banquettes, le bar. Son regard rencontre celui de la boulangère qui lui adresse un sourire narquois, le salue de loin et l'invite à lui tenir compagnie.

Il s'assied sur le tabouret à côté d'elle. Il est intimidé. Il dit que ça lui fait drôle de la retrouver là. « Pourquoi ? Tu trouves que je suis trop vieille ? – Non, c'est juste que ce n'est pas là que je vous imagine. – T'as raison, en même temps, j'ai jamais aimé ça, moi, les boîtes. Laurent, si. C'est marrant ça, hein, on croit toujours que les garçons n'aiment pas danser et que ce sont les filles qui les poussent, mais en fait, quand les boîtes de nuit ferment, le matin, il ne reste pratiquement plus que des mecs. – C'est parce qu'ils se sont fait jeter quand ils ont essayé de draguer et qu'après, ils boivent pour oublier. – C'est ce que tu fais là ? – Je ne me suis pas fait jeter. Je n'ai pas eu le temps d'essayer. – Moi, j'ai jeté à la pelle. J'avais oublié à quel point les types peuvent être lourds et collants. En même temps, je peux pas leur en vouloir. Je sais pourquoi je suis venue ici. – Pour vous faire draguer ? – Arrête de me vouvoyer, ça m'énerve. Je me sens déjà assez vieille comme ça. Ben oui, qu'est-ce que tu crois ? Je suis venue avec deux copines, elles ont voulu me sortir, ça part d'une bonne intention, sauf qu'il y en a une qui est partie au bout d'une heure parce qu'elle avait mal à la tête, et que l'autre a disparu. Je me demande ce que je fais là. – Pareil. – Pas la moindre petite amie en vue ? – On ne voit rien ici. – Tarandon me fait du rentre-dedans. – Pardon ? – Tarandon, tu sais, je t'en ai parlé… celui chez qui tu vas quand c'est fermé chez moi. Le fils Tarandon, il est divorcé depuis longtemps, et là, je le vois bien, il fait des tentatives d'approche. – C'est nul ou c'est touchant ? – Les deux à la fois. – Et Laurent ? – Il ne reviendra pas. Le pire, c'est qu'il n'est parti pour personne. Il veut juste vivre seul. Il ne supporte même plus de partager le même lit que moi. Et pourtant, vu nos horaires, on peut pas dire qu'on le partageait souvent. – Comment tu sais tout ça ? – On se revoit. – C'est vrai ? – Oui. Et, en plus, c'est sympa. C'est ça qui me tue. On s'entend bien. On peut même rire. C'est juste que… Enfin, tu vois quoi… Je ne l'attire plus. – Et lui, il t'attire ? – Honnêtement ? J'en sais rien. Je crois que non, mais quand il est à côté de moi, je me sens bien. Remarque, je me sens bien à côté de toi aussi… – Vous avez envie de coucher avec moi ? – Tiens, tu me revouvoies. – C'est parce que, d'un seul coup, je me sens timide. – Je sais. Tu es tout rouge. C'est craquant, les hommes qui rougissent. Ne t'inquiète pas, je ne vais pas te sauter dessus. – Je ne m'inquiète pas. Je me demande si ça me plairait. – Se poser la question, c'est déjà avoir la moitié de la réponse. On parle trop, Alex. Et si on allait enflammer la piste de danse ? – De nos jours, ça s'appelle un dancefloor. – Mais ça prend feu de la même façon, non ? »

Ils y sont, là.

Ils bougent. Ils bougent de plus en plus. Ils dérangent leurs voisins immédiats qui s'écartent un peu. Mélanie, son visage anguleux, sa maigreur, sa petite taille et ses hauts talons – son mari disait toujours qu'elle n'était pas une bonne pub pour le magasin –, sa jupe courte, son fond de teint. Alex, son mètre quatre-vingt-treize, son air perpétuellement surpris, sa lèvre inférieure légèrement pendante, ses yeux qui rient, ses bracelets de cuir sur le poignet gauche.

Ils bougent et ils ne savaient pas cela l'un de l'autre – qu'ils bougeaient si bien. Mélanie, on l'imagine survoltée, ne sachant pas épouser le rythme, poussant des cris d'orfraie à la moindre accélération. Alex, on l'imagine lent et mou, ses bras interminables pendant le long de son corps, maladroit dans sa carcasse. Mais, pour l'un comme pour l'autre, il n'en est rien. Et, le mieux, c'est qu'ils se regardent, tous les deux – et qu'ils adaptent leurs mouvements à ceux de leur partenaire. *Partenaire* – le mot leur traverse l'esprit, presque en même temps. Il y a dans la vie des gens que l'on rencontre et avec lesquels on ne formera jamais un couple, avec lesquels on ne sera jamais amis non plus – mais avec lesquels on peut former un excellent tandem, dans certains cas, sous certaines conditions.

Des partenaires.

Ils font de la place autour d'eux, mine de rien.

Le grand échalas et la petite nerveuse.

Il y a quelque chose d'attirant dans leur danse – un mouvement presque désespéré d'une infinie souplesse. Une façon de rire très fort au bord du précipice.

On leur abandonne un peu d'espace.

Sur les banquettes, la blonde affriolante se demande si elle n'a pas laissé passer la chance de sa vie. À l'autre bout de la piste, la copine de Mélanie se demande qui c'est, celui-là, et surtout comment elle a fait pour le brancher. Ils ont l'air de se connaître. Ils marchent ensemble – non, ils dansent ensemble. De concert. C'est ça, ils dansent de concert.

Cela dure quelques minutes.

Quelques minutes échappées à la chronologie.

Quelques minutes précieuses, enfermées dans une bulle à souvenirs, il neigera dans leurs têtes quand ils la retourneront.

Ils ne les oublieront pas. Où qu'ils aillent, même s'ils déménagent à l'autre bout du monde, si elle se marie avec Tarandon et que lui traverse tous les matins le Golden Gate Bridge, ces minutes-là resteront quelque part, douces et irréelles, un tissu sur lequel s'allonger et se reposer quelques instants.

À un moment, leurs regards se croisent. Elle fait un signe de la tête. Elle a envie de rentrer, maintenant. Il acquiesce. Ils quittent la piste comme ils l'ont abordée – joints.

Au début, ils parlent un peu, mais plus la boulangerie approche et plus ils sont silencieux. Sur le trottoir, devant le magasin, il hésite et c'est elle qui lui prend la main. Elle ne sourit pas. Il ne sait pas à quoi elle pense – il vaut mieux ne pas savoir. Elle dit simplement qu'il n'y a pas de baby-sitter, les enfants sont chez leurs grands-parents. Alex hoche la tête. Il se laisse conduire.

Il se laissera conduire tout le temps que durera la rencontre des corps. Il a peur de mal faire, il a peur de faire mal. Il rougira encore quand elle sera prise d'un petit rire en le voyant nu – elle ajoutera avec douceur, une douceur dont il ne l'aurait pas crue capable, que c'est juste parce qu'il est grand, tellement grand. Elle n'a jamais fait l'amour à un grand – elle n'a jamais non plus fait l'amour à un Black ou à un beur, ni à une femme – elle a très peu transgressé. Elle n'y a pas pensé. Elle n'en avait pas envie. Maintenant, elle en est moins sûre. Vu le résultat, elle n'a plus rien à perdre – que de l'expérience à gagner.

Alex est une expérience.

Un saut dans le temps.

Elle ne lui avouera pas, mais elle se trouve vieille quand elle touche son corps à lui. Quand elle remarque un ou deux boutons d'acné. Quand elle caresse et qu'elle ne rencontre aucune marque, aucune cicatrice. Elle en éprouvera une fugace et violente jalousie, qui l'amènera à le mordre, là, entre le cou et l'épaule – une morsure qui décuplera l'envie d'Alex, jusque-là en demi-teinte. Elle ne lui avouera pas non plus qu'elle n'a jamais traversé une telle schizophrénie des sentiments – elle est heureuse d'être sous lui, elle est heureuse de le sentir la remplir et, au même moment, elle se sent terriblement seule, elle pense à Laurent, elle se demande ce qu'il fait ce soir – et c'est à lui qu'elle pense quand l'orgasme monte et explose. L'autre ne connaît jamais les images qui s'entrechoquent au moment de la jouissance – le plaisir sexuel reste une des dernières marges de liberté, un égoïsme patenté pendant le don le plus intime.

Elle n'avouera rien, donc. Et Alex devinera aisément qu'il ne faut pas questionner. Ni même parler. Ni même rester. Il rentrera chez lui tandis que l'aube se lève sur la ville et que les premiers clients se dirigent chez Tarandon, seule boulangerie ouverte sur l'avenue, en ce dimanche matin.

Ils n'en discuteront pas davantage le surlendemain, quand il viendra, matinal, acheter le pain. Les phrases usuelles se succéderont dans la file d'attente. Le seul clin d'œil qu'elle osera, c'est un sourire narquois que contredira la mélancolie de ses yeux. Et trois pains au chocolat que l'ancien apprenti monté en grade viendra de sortir du four et qui seront délicieux – plus réussis encore que ceux de son ancien patron.

Quand il repense à cette soirée, Alex a le sourire aux lèvres. Ce fut la seule respiration du mois qui vient de s'écouler. La seule fois où il s'est dit que la vie, finalement…

Il repense à Mélanie, d'ailleurs, pendant l'instant très doux qu'il est en train de vivre. Tandis qu'il regarde onduler les rideaux que sa mère a tenu à monter la semaine dernière – elle a débarqué sans crier gare, avec ses morceaux de tissu, une bouilloire et des courses – Alex n'avait rien demandé, mais il a senti qu'il était préférable de laisser la culpabilité s'exprimer. Pendant qu'elle posait les rideaux, les mains de Catherine ont cessé de trembler, elle a recommencé à respirer normalement, elle se sentait utile, digne et maternelle. C'est ça, maternelle. Elle a laissé une centaine d'euros dans le pot à sucre. Alex les a découverts le lendemain matin.

Ce n'est pas moral de penser à Mélanie, là, tout de suite.

Ce n'est guère plus moral de penser à Catherine.

Mais on n'arrête pas la ronde des pensées, après l'amour. Pendant qu'on caresse doucement un dos, une épaule et qu'on les transforme en plaines et en collines. S'élancer du sommet d'une colline – et dévaler. Dévaler la pente avec tous ceux qui comptent dans votre vie. Lancer le départ, crier « Allez ! » et regarder tout ton monde courir avec toi, dans un beau mouvement d'ensemble, puis, petit à petit, oublier les mots, les phrases, les histoires.

Ce n'est pas moral, parce que ce moment très doux, après l'amour, il le passe avec Marion. Elle est venue ce soir rapporter des affaires à lui qu'Arnaud ne pouvait plus voir en peinture. Arnaud, parti pour quelques jours chez ses parents, à l'autre bout de la France. Long week-end de début mai. Ils se sont rencontrés dans une librairie, Alex voulait l'éviter, mais avant même qu'il s'en rende compte, ils étaient déjà engagés dans une discussion sur un roman américain dont tout le monde parlait, mais qu'aucun des deux n'avait lu. Et, comme d'habitude, au bout de quelques minutes, ils s'agaçaient mutuellement. Elle affirmait que c'était un chef-d'œuvre et lui prenait le contre-pied en prétendant que ceux qui l'avaient vraiment lu – autant dire, pas les journalistes – trouvaient que c'était une merde. Elle lui demandait de citer ses sources, il n'en avait évidemment pas – mais elle non plus. Au milieu de la dispute naissante, soudain, le vent avait changé. Une petite fille avec un manteau rouge au dos duquel était écrit « Lola la Grenouille » s'était plantée devant eux en faisant des grimaces. Ils avaient souri. Marion avait demandé si c'était une des filles qu'il gardait. Alex avait proposé d'aller quelque part – verre, glace, n'importe quoi. « Ce que je ne supporte pas, ce n'est pas de ne plus être avec toi, c'est de ne plus jamais te voir », avait-il ajouté. Elle lui avait flanqué une claque sur l'épaule, mais elle l'avait suivi.

Et de fil en aiguille.

Alex se dit que c'est étrange, cette expression.

Qui est le fil, qui est l'aiguille ?

Bien sûr, il y a un chas dans une aiguille et, à un lapsus près, le chas peut aisément se transformer en chatte – alors l'homme n'est plus l'aiguille phallique, il devient le fil, mou, fuyant, difficile à saisir.

Le portable sonne.

Une sonnerie – Alex a décidé de changer certaines choses dans sa vie.

Deux sonneries – par exemple, il ne répondra plus obligatoirement au téléphone, comme si sa vie en dépendait, comme s'il s'agissait chaque fois d'une urgence vitale.

Trois sonneries – Alex savoure son nouveau pouvoir et le plaisir qui en résulte – la capacité de dire non et de rester dans l'instant, sans se précipiter vers un ailleurs, vers un avenir.

Quatre, cinq, six sonneries – Marion se retourne et le fixe, étonnée. Elle le prend dans ses bras.

Le silence, de nouveau, puis les trois notes qui indiquent un appel manqué.

C'est ça.

Alex manque à l'appel.

VII

Alex est dans la voiture de Bastien.

Ils se rendent ensemble à une des énièmes fêtes qui suivent les partiels – les résultats ne tomberont qu'à la fin du mois, en attendant, faisons comme si tout allait bien. Alex n'est pas très sûr de lui. Il n'a pas répondu grand-chose en linguistique et il pense être hors sujet en civilisation américaine. Dans la journée, il lui arrive de jouer avec les notes maximales et minimales qu'il pourrait avoir, de prendre en compte les compensations, il arrive entre 9,5 et 10,5 – pile ou face, d'un côté tu passes, la bourse continue, le cahin-caha également, les soubresauts du trajet dans une vieille guimbarde, dans le brouillard, pas d'avenir précis, on navigue à vue ; de l'autre, tout s'arrête, trouver un boulot, probablement loin d'ici, une autre vie, tout réinventer. Alex ne sait pas ce qu'il préférerait, au fond.

Bastien dit qu'Alex a l'air bien sombre. « Pas sombre, non. Je suis un peu paumé. Je n'arrive pas à m'imaginer dans cinq ou dix ans. – On en est tous là, non ? – Sauf que moi, si je rate la première année, je suis à court d'argent, parce que je n'ai plus d'aides, et dans ce cas, j'arrête tout. – Pourquoi tu ne demandes pas un poste de surveillant dans un lycée, enfin, ça ne s'appelle plus comme ça maintenant, ça s'appelle Assistant d'Éducation ou un truc dans le genre ? – Parce que j'ai la flemme et que je pense que je ne serais pas pris. – Tu serais prioritaire, je crois, avec ta bourse, enfin ça aussi, ça a peut-être changé, en ce moment, c'est la totale, tout ce qui pouvait être un marchepied à la promotion sociale disparaît, et personne ne fait rien. Le pire, c'est que nous non plus, on ne bouge pas. – Je n'arrête pas de bouger, Bastien. Je bouge tout le temps. Je multiplie les gardes d'enfants, je rencontre des adultes largués, des gamins qui dorment mal, je couche avec mon ex, ensuite avec une femme même pas divorcée, c'est n'importe quoi, je fais n'importe quoi. Et toi ? – Tu veux la version longue ou abrégée ? – La quatrième de couverture. – OK. Bastien n'a pas fait grand-chose de l'année et cela va se ressentir à la fin du second semestre. Bastien a vécu cette année beaucoup d'aventures d'un soir et un grand amour impossible. Bilan, en juin, Bastien est seul et pas désespéré. – Quand j'étais au lycée, je ne voyais pas ça comme ça. Je pensais que la fac, c'était le rêve. Les soirées, les lectures, les autres... Il y a tout ça, remarque, sauf que j'ai l'impression que ça ne fait aucun sens. – Moi, je crois que le sens est là, mais qu'il est caché. Il se dessine sans qu'on s'en rende compte. – Comme *L'Image dans le tapis* de James ? – Comme le monstre des ordures dans *La Guerre des étoiles IV*. – Je n'arrive pas à m'habituer à ce que ça soit le quatrième épisode. – Mon père non plus. C'est un truc qui le met tout le temps en rogne. Il l'a vu à quinze ans et, à cette époque-là, c'était le premier volet, il ne supporte pas que tout ait été remis en cause plus tard. Un vrai gamin, avec ça. – Ils sont curieux, les adultes, maintenant, non ? Je veux dire, tous ceux que je rencontre, ils… Ils n'en sont pas plus loin que nous, sauf qu'ils ont des mômes. – Ils nous bouffent la place, tu veux dire, avec leur refus de vieillir, d'arrêter de sortir ! Ils sont à l'affût de toute nouveauté de langage ou du dernier tube à télécharger, ils veulent l'avoir avant nous, ensuite ils friment, sans se rendre compte que nous, on n'en a rien à battre. – Tes parents ne sont pas comme ça. – Je suis un fils de vieux. Mes parents sont centenaires. – Les miens recommencent à coucher ensemble. – Hein ? – T'as bien entendu. – Mais ton père habite à perpète ! – Je sais. Mais aux dernières vacances, il était là. – Attends… On parle bien de ton père ; ton père ? – Le biologique, oui. Il n'y en a pas vraiment eu d'autres, depuis. – Merde, c'est trop bizarre ! – À qui le dis-tu ! »

Une plage de silence relatif. Le lecteur CD de la voiture vomit des notes. Alex joue avec les mots *Assistant d'Éducation*. Il se voit faire traverser des enfants du primaire, animer des jeux de ballon prisonnier dans les cours d'école ou ramasser les fiches d'absence en fin de journée dans un collège. L'idée fait son chemin. Il pourrait demander à Marc les démarches à suivre et s'il est au courant de postes qui se libéreraient. Ils pourraient même travailler dans le même établissement, tous les deux. Ce serait une aide, au début. Ce coup de fil utilitaire à Marc, ce serait l'occasion de reprendre contact, parce qu'il y a eu une certaine déperdition de lien, ces derniers temps. Alex n'a pas eu de nouvelles depuis l'appel manqué, le soir où il a recouché avec Marion. Il s'était promis de rappeler, mais il y a eu les partiels, deux semaines intensives mine de rien, il s'est jeté dans le travail et il a omis le reste. Cela dit, Marc n'a pas non plus donné suite. Alex trouve un stylo bille dans sa poche et écrit sur sa main gauche « Rap Marc ». Bastien jette un coup d'œil et lève les sourcils. Alex répond : « Rien. Un groupe que j'ai entendu. Je crois que c'est leur nom. Je vais vérifier sur You Tube. »

Ensuite, il y a la fête.

Une maison à la campagne vidée de ses propriétaires et des trois quarts de ses meubles entreposés dans le hangar et dans le garage. Alex a toujours trouvé étrange de danser dans des salons, des salles à manger. De distinguer dans l'obscurité relative des papiers peints, des tableaux, des photos de famille. Danser dans une histoire qui n'est pas la sienne. Devenir quelque temps un étranger, un extérieur, le héros de fiction dans un récit quotidien.

Marion n'est pas là – mais ça, Alex était déjà au courant. Depuis quelques semaines, Marion ne va plus nulle part. On murmure, on suppute – une grossesse, une rupture, une double vie, un départ prochain pour les USA, un mariage, une maladie, des coups, une lune de miel. Alex n'en sait rien. Il n'a plus eu un seul contact direct depuis la nuit qu'ils ont passée ensemble – mais c'était dans le contrat qu'ils avaient signé. Maintenant, laisse-moi libre, c'est une autre vie. Il l'a revue une fois ou deux au centre-ville, elle avait l'air pressée, mais nullement malheureuse – c'est ce qui importait.

Zen.

Alex se sent zen par rapport à tout ça.

Alex se sent zen par rapport à tout, au fur et à mesure de la soirée.

Bien sûr, cela a à voir avec la maturité qui se fait lentement.

Mais, soyons lucides, cela a encore davantage à voir avec le gin qu'il ingurgite, à toutes petites gorgées.

Lorsqu'il danse, son corps est aérien et solitaire – il a perdu l'animal en lui sur une piste de danse, avec une boulangère.

Lorsqu'il parle, sa voix lui parvient de très loin – désincarnée ou réincarnée, il ne parvient pas à le savoir (tout juste s'il pourrait à l'heure qu'il est expliquer la différence entre les deux mots).

Il est reparti dans ses délires. Il se répète que, ce qui serait bien, ce serait de courir. C'est ça, courir. Quand on court, il arrive un moment où on oublie. Un moment où l'esprit décolle – abandonne la fatigue physique. Les formes perdent de leur dureté et pourtant, elles sont là, réelles, presque douloureuses, la silhouette des invités, le plastique des gobelets, le coin d'une table, le duveté d'un tissu – celui de ce fauteuil à l'étage, dans lequel il s'enfonce et s'engonce. Les bruits lui parviennent étouffés, sa tête tourne, comme au sommet d'une montagne, quand on respire à fond et qu'il semble pourtant que les poumons ne soient jamais gonflés à bloc. Les yeux d'Alex se ferment malgré eux. Il n'entend plus que sa respiration, la vie qui vient et reflue, le tsunami à fleur de peau. Courir. C'est ça, courir.

Endormi sur le fauteuil en velours, dans la chambre d'amis, Alex court. Il n'est pas seul. À côté de lui, il y a Bastien. Il y a Marion. Puis, de l'autre côté, Mélanie, Marc, Émile, le couple de garagistes, les filles de Marc, les garçons de Mélanie, Irina, mon Dieu, même Irina est là, avec le prince, la princesse et le roi, ils dévalent tous la pente en même temps. Ils s'allègent. Ils ne savent pas où ils vont. La seule direction, c'est devant. Les pieds qui les entraînent. La douleur dans le mollet, à laquelle on ne prête pas attention. Le vent sous les paupières, les larmes qui se forment et l'envie de crier. Un hurlement du corps, qui mobilise tous les muscles. De la rage, de l'envie, du désir, de la joie et de la détresse. De la liberté, surtout. Une immense liberté qui dénoue les tendons et les tensions.

Alex court.

Il court, puis, tout à coup, il tombe.

Il ne se souviendra même pas de sa chute le lendemain matin, quand il se réveillera la bouche pâteuse et les muscles endoloris, des élancements dans le bas du dos, la tête qui cogne et réclame du chimique, du pharmaceutique.

Dans le salon, il enjambera des membres alanguis et des torses déformés. Il remarquera à peine le collant du parquet, les infimes débris de verre balayés dans un coin. Il sortira par la porte de la cuisine et le soleil sera là. Le vent et les cumulus également. Il aura l'impression de pénétrer dans un autre monde. Il lui faudra quelques minutes pour comprendre que c'est le même univers qu'hier – mais lumineux, cette fois, oui, lumineux.

Il enverra des SMS.

Des bouts de phrases ridicules et sentimentales – des « il fait bon, je pense à toi », des « on se voit quand ? », des « nuages blancs sur ciel bleu, avec mon meilleur souvenir ». Du pompeux, du dix-neuf ans, du romantisme à deux euros, du risible – des flèches lancées qui atteindront pourtant toutes leurs cibles.

Sauf une.

Sauf une, bien sûr.

Celle-ci s'écrasera lamentablement à terre une heure plus tard, alors qu'Alex aura déjà oublié l'euphorie et sera tranquillement en train de siroter son deuxième café et de remettre de l'ordre dans ses vêtements pour rentrer – en stop, puisque Bastien ne peut être trouvé nulle part.

Le téléphone sonnera – au bout du fil, la voix sera inconnue, légèrement tendue, elle demandera à parler à Alex. C'est moi. C'est vous ? C'est moi. Des syllabes idiotes. Une identité. Une identité remarquable.

« Bonjour, vous ne me connaissez pas, je m'appelle Anne, je suis la femme de Marc. »

*

* *

Il attend, assis sur le talus. Il fait beau. Il se dit qu'il se souviendra longtemps de ce moment-là, du soleil qui commence à briller – une journée splendide.

Elle lui a donné rendez-vous. Anne. Cette Anne qu'il n'a jamais rencontrée, mais qu'il a déjà vue sur les photos et dont il a si souvent entendu parler. Dont il garde les filles, presque toutes les semaines. Dont le mari est devenu un point d'ancrage, surtout depuis *le truc d'Émile*. Ils se voient en général le jeudi soir. Alex s'installe dans la maison tranquille, à l'étage, les filles dorment déjà ou font semblant. Lorsque Marc revient de ses sorties, Alex et lui s'asseyent dans le salon, ou dans le jardin quand le temps le permet – ils déplient les chaises longues, ils font comme si le printemps ressemblait au mois d'août, comme si le réchauffement planétaire avait déjà quelques années d'avance. Ils éclusent le bar, à petites doses, du whisky de l'île de Skye, du gin, des *mojitos* qu'ils confectionnent avec de la menthe fraîche. Et là, ils parlent. Cela commence toujours doucement, des nouvelles des études ou du collège, des anecdotes de la semaine qui vient de s'écouler, des impressions sur un livre ou sur un film. Lentement, ils en arrivent au personnel. Alex livre des pans de sa vie dont il n'aurait jamais cru parler. Il abandonne les rôles qu'il se donne chaque jour, étudiant, baby-sitter, amant potentiel, futur chômeur, solitaire décalé. Il a parfois l'impression que, au cours de ces deuxièmes parties de soirée, il devient quelqu'un de plus vrai que pendant tout le reste de la semaine. Marc se dévoile. Il parle de l'enfance, de ses parents ouvriers bonnetiers qui croyaient en l'école, mais qui se sentent maintenant dépassés, presque dépossédés par leurs enfants, et qui communiquent avec difficulté avec Marc et son frère. De ce frère, justement, émigré à San Francisco, ayant monté une affaire de revente de matériel informatique qui tourne bien, trop bien même, trop en tout cas pour avoir une chance de penser à autre chose. Le 11 septembre 2001, son frère lui avait téléphoné, déboussolé. Marc croyait qu'il allait donner une autre direction à sa vie, mais non, les habitudes étaient bien ancrées, c'était trop tard.

Marc parle à mi-voix de son attachement à ses filles et à sa femme, un attachement conjugal qui se délite inexorablement – bien sûr, il peut blâmer la géographie et la distance, mais il n'est pas si naïf. Chez d'autres couples, l'éloignement provoque un retour de flamme ; chez eux, il ne fait qu'entériner un détachement progressif. Il ne sait pas très bien où il en est.

Alex lui a fait remarquer une fois que c'était bien, dans ce cas, de retrouver une vie sociale, des amis, des invitations, et Marc est parti à rire. Quand Alex lui a demandé pourquoi, il n'a pas voulu donner de réponse.

De temps en temps, ils parlent de leurs ambitions passées ou à venir, de ce qui les fait rêver. De musique, également. Ils échangent des noms de groupes que Marc télécharge le lendemain et dont Alex va sortir les albums à la médiathèque, au cours de la semaine.

Les fins de soirées du jeudi ont fini par signifier beaucoup pour Alex – et pour Marc, pense-t-il, même s'il se demande souvent comment on peut apprécier la conversation d'un connard de vingt ans quand on en a quarante passés. Alex s'est beaucoup interrogé, au début, sur cette drôle d'amitié qui ne peut pas en être une à cause de la différence d'âge, et il a tenté de mettre un nom sur ce type de relation. Il n'en a pas trouvé, puis a renoncé à en chercher un. L'important, c'était qu'ils soient bien là, tous les deux, dans le salon ou dans le jardin, laissant l'ébriété les gagner petit à petit. Le jeudi soir, Alex ne vient plus en voiture – il préfère opter pour la marche, quel que soit le temps. Il rentre chez lui très tard ou très tôt, selon l'angle de vue. Le vendredi, il n'a pas cours le matin.

Les jeudis soir se sont perdus le mois dernier, comme ça, pour presque rien. Un appel manqué. Du travail. À présent, Alex s'en veut. Vraiment.

Anne a dit qu'elle venait le chercher. Même si la maison de la fête est en pleine cambrousse. Anne a besoin de parler. À Alex en particulier. Elle a voulu savoir si Alex était libre dans la journée, et s'il acceptait de rendre visite à Marc. Le terme « visite » a résonné dans les tympans d'Alex tandis que les images se recomposaient, que les mots trouvaient leur place dans le décor et prenaient corps, enfin. Marc est dans un centre. Il est en cure de sommeil. Il déconnecte. Quand il ne dort pas, il fait des activités ludiques, et il a rendez-vous avec le psychiatre qui le suit. Cela fait maintenant presque trois semaines qu'il est là-bas, il y a été dirigé à sa sortie de l'hôpital où il n'est resté que quelques jours, le temps qu'on lui vide les intestins, qu'on le drogue un peu, pour être sûr qu'il n'allait pas recommencer et qu'une place se libère dans la maison du sommeil.

Le psychiatre dit qu'il y a des avancées significatives et que Marc pourra partir très bientôt. Il pourrait même sortir là, maintenant, mais il ne le souhaite pas. Il veut rester un peu dans cet environnement étranger et sécurisant. En revanche, il a envie de voir des gens, ce qui est un bon signe. Ses filles d'abord, mais le docteur n'a pas trouvé que c'était une bonne idée. Marc ne se rend pas compte de la tête qu'il a, mais il risque de faire peur à ses enfants, ce qui n'est pas l'effet recherché, n'est-ce pas ? Bien sûr, il a demandé à voir Anne. Elle se rend à la clinique régulièrement, ils ont ensemble des conversations un peu hachées, ponctuées de longs silences. Le médecin dit que c'est normal, c'est comme ça que le contact se renoue, parce qu'il s'était totalement défait, non ? Lors de sa dernière entrevue médicale, Marc a exprimé le désir d'étendre le champ de ses visites sociales – le prélude à son retour dans la ville et dans la vie. Anne s'attendait qu'il cite des amis ou des collègues, mais le premier nom qui est venu, c'est Alex. Marc veut voir Alex. Alex, oui, le baby-sitter. C'est pour ça qu'Anne a téléphoné. Pour qu'Alex exauce le vœu de son mari. Et pour comprendre. Parce que là, elle avoue qu'elle ne capte pas. Elle ne capte rien. La tentative, l'hôpital, la maison de repos et maintenant Alex. Elle a l'impression qu'elle a perdu son mari.

Et maintenant, Anne est là, au volant. Elle ne démarre pas. Le soleil explose au-dessus de la route. Alex s'est légèrement recroquevillé. Il n'ose pas la regarder. Elle finit par pousser un soupir et demande pourquoi. Pourquoi vous a-t-il demandé de venir le voir, vous savez, vous ? Alex hésite un instant. Il pourrait répondre que non, il n'en a aucune idée, que c'est vraiment bizarre, parce qu'il ne se sent pas du tout concerné par toute cette histoire – mais il sait bien que ce serait une trahison. Et il n'a aucune raison de trahir Marc. C'est à lui qu'il a téléphoné, le soir d'Émile.

« Je crois que nous sommes devenus proches. » Les mots tournent dans l'habitacle de la voiture que le soleil commence à chauffer. Ils cherchent une place dans laquelle se lover, ils n'en trouvent pas. Ils ne font aucun sens. Anne lève les sourcils. « Proches comment ?
– Disons que nous passons régulièrement des soirées

ensemble. – Vous couchez ? – Hein ? Non. Nous… euh… généralement nous parlons et nous buvons. – Le docteur dit qu'il est devenu en partie dépendant à l'alcool. – Je ne m'en suis pas rendu compte. – Le rapport à l'alcool est fondamentalement différent à vingt ans et à quarante. – Je suis désolé. – Vous n'avez pas à l'être. Je doute que ce soit vous qui lui ayez proposé de rester et de picoler. – Tout s'est fait très… naturellement, même si ce n'est sans doute pas le mot qui convient. Nous… euh… nous nous entendons bien. – Et vous ne trouvez pas ça bizarre ? – J'ai arrêté de me poser la question. – Il ne faut jamais arrêter de se poser des questions. – Je crois que nous… enfin, nous profitions juste de l'instant. – Et là, maintenant, ça ne vous paraît pas étrange ? – Si. – Vous parliez de quoi ? » Alex gonfle ses joues et laisse échapper un long soupir. « De tout et de rien. Mes études, les livres, ma vie, la sienne, les enfants. – Moi ? – Vous aussi, oui. – Et il racontait quoi ? – Que vous preniez de la distance. Que la géographie n'était pas ce qui vous avait éloignés le plus, en définitive, même si ça n'aidait pas. – Mais pourquoi vous en parler à vous ? – Je n'ai pas la réponse. Peut-être qu'il n'a pas tellement d'amis prêts à l'écouter. – Mais il n'arrête pas de sortir, le mardi ! Je l'ai même poussé dans ce sens-là. Pour qu'il retrouve une vie sociale, que son existence ne soit pas résumée à son boulot, aux filles et à mon absence ! – Il vous a obéi. Il sort. Mais il rentre de plus en plus tôt. Je crois qu'il s'emmerde, à ces dîners. »

Elle tapote sur le volant. Elle enclenche la première et démarre. Elle dit : « Il a essayé de me téléphoner, ce soir-là, mais j'avais une réunion avec mes collègues et nous avons décidé de la terminer à la pizzeria. Mon portable était éteint. On se demande à quoi ça sert les portables, en fait, quand on en a besoin, ils sont en veilleuse. Donc, c'est vous qu'il a appelé au secours. C'est tout de même ahurissant, sans vouloir vous offenser. – Peut-être qu'il voulait que je garde les filles, tout simplement ? – Elles étaient chez mes parents. Il n'aurait jamais fait ça si elles avaient été à la maison. Il n'aurait pas pris tous ces trucs, de l'alcool, beaucoup d'alcool, puis des tranquillisants, des somnifères, des décontractants, tout un attirail qui lui avait été prescrit l'année dernière, lorsqu'il avait eu un lumbago. – Qui l'a trouvé ? – Le SAMU. Apparemment, il a eu un éclair de lucidité, ou de regret, avant de sombrer, et il les a prévenus. – C'est qu'il ne voulait pas vraiment… – C'est ça, le problème. Ce qu'il ne veut pas vraiment. – Vous en avez parlé avec ses parents ? »

Elle appuie sur le frein par inadvertance, la voiture a un soubresaut, et redémarre. Une lueur d'incompréhension dans le regard d'Anne, puis un léger sourire. Elle murmure : « Vous êtes sûr de vous être beaucoup parlé ? » Alex se renfrogne un peu. « Il ne vous a pas dit que ses parents étaient morts ? » Alex, lentement, secoue la tête. « Non. Il m'a parlé d'eux comme s'ils étaient vivants. De sa mère, bonnetière. De son frère, aussi. » Le sourire d'Anne, soudain. Léger, mais tenace. Elle retrouve une partie de son aplomb. Elle en connaît beaucoup plus sur son mari que ce jeune gringalet, tout en hauteur et en os. Rien d'important n'a dû être échangé lors de ces mardis soir. Marc s'ennuyait, c'est tout. Il s'est découvert un penchant pour la bouteille et a trouvé un acolyte alcoolique pas trop perturbant – à vingt ans, on n'a jamais beaucoup d'expérience ni d'exigence. Lorsqu'elle reprend la parole, sa voix est douce, elle parle à un enfant – Alex en est profondément vexé. « C'est tout Marc, ça. Il ne veut pas déranger avec cette histoire. Il dit que chaque fois qu'il raconte l'accident, la mort des trois autres membres de sa famille, et lui seul qui reste, tout le monde a de la pitié dans les yeux, puis un mouvement de recul, comme s'il portait malheur. En fait, il esquive, quand il est question de famille. Il glisse vers d'autres sujets. Ou bien, oui, il mentionne ses parents au passage, et l'interlocuteur ne peut pas deviner qu'ils sont décédés ou pas. Donc, oui, ils se sont tués en voiture il y a très longtemps, tous les trois. Marc venait d'avoir dix-huit ans. J'en ai touché deux mots au médecin qui le suit, mais il m'a rappelée à l'ordre. Ce n'est pas mon rôle d'aiguiller, m'a-t-il expliqué. Marc est assez grand pour le faire. »

Ils sont seuls sur la nationale. Elle roule vite. Le soleil est partout. Alex a mal au cœur. Il baisse un peu la vitre. Il y a un long moment de silence qu'il brise en expliquant qu'il est d'accord, qu'il ira lui rendre visite cet après-midi. Là, tout de suite, c'est impossible, il faut qu'il prenne une douche, qu'il se change, boive un café et réfléchisse un peu à tout ça. Il demande si Anne l'accompagnera, mais elle préfère s'abstenir. Elle dit : « Peut-être qu'il y a des choses qu'il ne veut partager qu'avec vous », mais elle n'en pense plus un mot, désormais. Elle est contente d'avoir fait tout ce trajet et d'avoir enfin vu de ses propres yeux ce grand échalas qui, il y a quelques heures, s'était transformé en vague menace – quand Marc avait avoué qu'il passait des soirées entières avec Alex, le sang d'Anne s'était glacé. Les soupçons s'étaient insinués traînant derrière eux les harpies de la jalousie et les corbeaux des ragots. Entre l'événement, l'hôpital et les révélations, elle n'arrivait plus à penser droit. Là, maintenant, elle a l'impression de reprendre pied. Certes, Marc et elle s'étaient éloignés. Certes, ils avaient des zones d'ombre et des non-dits. Certes, la situation avait échappé à tout contrôle – mais ils allaient surmonter les obstacles et retrouver la terre ferme. Marcher côte à côte. Ensemble.

Anne donne l'adresse, les indications routières pour y parvenir. Elle ajoute qu'elle est avec les filles cet après-midi, mais que s'il en ressent le besoin, avant ou après la visite, il peut évidemment passer la voir. Alex hoche la tête. Lorsque la voiture s'arrête enfin en bas de son immeuble, il sourit, il remercie rapidement, puis il s'éjecte. Chez lui, tout est tranquille. Même le bébé Guilbert à l'étage semble s'être calmé. À moins que les voisins ne soient pas là. On est dimanche.

Le jet de la douche, presque brûlant.

Alex claque des dents.

Il essaie de mettre de l'ordre dans ses idées, mais elles se télescopent sans rien produire d'autre que des étincelles mentales.

Alex n'arrive même pas à faire le tri dans les sentiments qu'il éprouve et qui ont tous déboulé, en vrac, tandis qu'Anne parlait. La honte, la trahison, la rupture de confiance, la surprise, la colère, le découragement et surtout cette tristesse qui s'abat soudain et qui teinte de gris le décor lumineux. Une route couverte de poussière. Un après-cataclysme.

Alex reste un moment, nu, devant le miroir de la salle de bains. Il ne se voit qu'à peine dans la buée qui s'est formée sur la glace. Il se demande s'il parviendra à démêler le vrai du faux. Si c'est son rôle. Ou pas. Et surtout, pourquoi. À quoi ça rime ?

Alex ressent de l'effroi, quand il pense à Anne et aux filles. Il se demande si Marc souffre vraiment d'une névrose profonde, un truc qui s'accumulerait et finirait par exploser, emportant avec lui tous ceux qui l'entourent.

Parce que, ce qu'il n'a pas dit à Anne, c'est que Marc n'a pas seulement mentionné ses parents et son frère une fois en passant. Il les a évoqués de très nombreuses fois. Et « évoqués » n'est pas le terme exact. Il y est allé en profondeur – il les a disséqués, il a détaillé leurs parcours. Il a souvent fait rire Alex, d'ailleurs, par ses remarques acerbes. En racontant par exemple la crise que sa mère avait piquée contre une caissière le mois précédent. En imitant l'embarras et la maladresse de son frère au téléphone – il était très conscient que les parents vieillissaient et que Marc, par sa proximité géographique, se retrouvait en charge de leurs frustrations quotidiennes. En expliquant comment, chaque fois, son frère proposait d'envoyer de l'argent, et comment, chaque fois, Marc était obligé de lui rappeler que le problème, ce n'était pas l'argent, ils avaient leur retraite, elle était petite, certes, mais elle suffisait. Leur problème, c'était la solitude. La solitude à deux. Découvrir une fois que tu arrêtes de travailler que le monde tourne sans toi et que tu n'as pas eu le temps, l'envie ou le courage de développer des amitiés – pris comme tu l'étais par les enfants, le boulot, le logement, la course aux économies. S'apercevoir, au réveil, qu'il te faut un certain temps pour retrouver qui tu es et quelle est ta place sur la terre – avant de te rappeler que ta place, elle est si insignifiante que tout le monde s'en fout.

La dernière fois qu'ils s'étaient vus, Marc se demandait comment allaient se passer les grandes vacances. La question se pose tous les ans, avait-il expliqué à Alex. Les vieux, c'est comme les animaux domestiques au bout d'un moment. Soit on les laisse dans leur chenil, mais on culpabilise tout l'été, soit on les emmène avec soi et ça tourne au pugilat. Alex avait proposé de les abandonner sur une aire d'autoroute ou le long d'une nationale. Ils en avaient ri tous les deux.

Vivants.

Il n'y avait aucun doute. Les parents et le frère de Marc étaient vivants. Très bien croqués, avec des nuances de couleurs et de teintes, des zones d'ombre et de lumière.

Alex a un frisson.

Alex trouve que la vie, parfois.

Devant le miroir, le rasoir mécanique à la main, il ne trouve pas le mot.

*

* *

Il a du mal à trouver les mots devant Marc. D'abord, il est surpris par le décor. Il avait à l'esprit les sanatoriums du XIXe siècle, des chaises longues remplies de phtisiques et de tuberculeux dans les Alpes, des couvents aménagés et des péristyles le long desquels de doux dingues vont et viennent en faisant des moulinets avec les bras. À la place, il y a cette bâtisse moderne, en verre et en bois, une vraie publicité pour la maison écologique du futur. En arpentant les couloirs tout à l'heure, Alex avait l'impression d'être de retour dans un lycée, ou dans une fac flambant neuve. Sauf qu'effectivement, certains des patients avaient des mines de déterrés et surtout cette frayeur dans le corps au passage d'un grand dadais d'un mètre quatre-vingt-treize respirant la santé et la jeunesse.

Marc ne respire pas la santé. Marc respire la lassitude. Il arbore souvent un petit sourire résigné et son regard se pose sur vous avec une légère incertitude – il n'est pas certain de vous *remettre*.

Il ne respire pas la santé, mais, à part ça, il a l'air normal. C'est ce qu'a pensé Alex en le voyant tout à l'heure. Il s'attendait à trouver Marc en pyjama et en pantoufles, déambulant avec difficulté, traînant derrière lui un cathéter mobile.

« Ce n'est pas un hôpital, Alex. C'est une maison de repos », a simplement précisé Marc.

Ils sont allés dans le parc. Un parc immense qui s'étale jusqu'à la route nationale par laquelle Alex est arrivé. La ville est à vingt kilomètres. Marc parle du temps qui s'étire ici, comme dans tous les lieux médicalisés. De ces heures qui durent des jours entiers et de ces lendemains qui n'en finissent pas. Il ajoute que c'est loin d'être désagréable. Il a besoin de cela. Du délavage. D'un délavage de cerveau. Enlever tout ce qui pourrait blesser ou trancher, nettoyer à fond les couleurs de l'existence, celles qui la rendent violente et insupportable ; puis essorer franchement à coups de pilules. Encore que. Les médecins veillent au grain. Ils font gaffe aux doses – elles doivent être assez légères pour ne pas abrutir, et assez fortes pour calmer les angoisses. C'est tout un art, dans lequel est versé le psy qui le suit. Un mec bien. C'est de ça dont il avait sans doute besoin, avant tout. De quelqu'un qui l'écoute. Alex se mord les lèvres et fronce les sourcils. Il est outré. Marc émet un drôle de rire – aérien et presque silencieux. « Ne te vexe pas, Alex. Je ne dis pas que tu ne m'écoutais pas, au contraire. Je dis simplement que ce n'aurait jamais dû être ton rôle. »

Alex voudrait dire qu'il est furieux, mais les mots se bloquent dans sa gorge, parce que la rage fond, petit à petit. C'est à cause de cette ambiance étrange, hors du temps. Tous les deux sur le banc, dans le parc. C'est à cause de cette pente douce. Cette inclinaison jusqu'à la route. Alex pense que ce serait bien de rouler dans l'herbe. Ou bien juste de courir. Alex voudrait s'imaginer courir, mais Marc reprend la parole. Sa voix est mal assurée. On y entend des craquements, comme sur les disques vinyles qui s'entassent encore dans la maison de Catherine et qu'elle écoutait parfois, lorsque Alex était encore enfant.

« Je suis sincèrement désolé, Alex. Je ne sais pas comment j'ai pu en arriver là. Comment j'ai pu te faire tenir un échange dans lequel tu n'avais pas à figurer. Il me fallait quelqu'un dont c'est le métier, tu vois. Quelqu'un qui est payé pour ça. Pas quelqu'un qui est dans le don de lui-même. C'est très clair, maintenant.

Ça ne l'était pas encore il y a un mois. Mais il y a un truc évident, Alex, c'est que, même si, finalement, je me retrouve ici, tu m'as quand même beaucoup aidé. Tu m'as tenu la tête hors de l'eau. Je ne suis pas sûr que tu t'en sois rendu compte. »

« Mais pourquoi m'avez-vous menti ? »

La question claque dans l'air. Alex peut sentir la tension soudaine dans la colonne vertébrale de Marc et le raidissement de sa nuque. Marc est sur le point de répondre, et il se ravise. Alex n'en peut plus. Soudain, il a envie d'enfoncer le clou, de tirer sur les ambulances et de noyer les bébés avec l'eau du bain. Il continue, Alex. Il continue en oubliant les lieux, le temps, les circonstances. Il omet les patients, le passage à vide, la fragilité. Il veut des réponses, Alex. Parce que, jusque-là, il pensait naïvement que les soirées qu'il passait avec Marc étaient les moments les plus vrais, ceux où il s'approchait le plus de ce que devait être une relation fondée sur la confiance et la sincérité.

Parce qu'il est blessé. Profondément. Blessé à en oublier que c'est l'autre qui est à terre. Il enchaîne les pourquoi, Alex. Il mentionne les parents imaginaires, le frère irréel, il met tout en doute – tout. Quand il se tait enfin, Marc a courbé la tête et il dessine, de la pointe de sa chaussure gauche, un rond dans le gravier de l'allée. Il répond en gardant les yeux fixés au sol.

« Je ne sais pas, Alex. Honnêtement, je ne sais pas. Je n'ai que des pistes. Je crois que je voulais m'inventer une autre vie. Une existence parallèle. Ce qui me serait arrivé si je n'avais pas suivi ce chemin-là, si tout avait pris une autre tournure. Je ne te demande pas de comprendre, moi-même je ne suis pas sûr de bien tout saisir. C'était comme une respiration. Un espace de liberté. C'est pathétique, j'en suis bien conscient. À deux ou trois reprises, j'ai voulu faire marche arrière, mais une fois qu'on s'est enferré dans un tissu de conneries, ce n'est pas possible de s'en dégager avec les honneurs. C'est une mythomanie temporaire, pour pallier une vie qui part en sucette. Le toubib m'a dit en riant qu'une des façons d'en guérir, c'est d'écrire des romans. La fiction sur papier, c'est inoffensif. Et ça permet tous les excès. Je vais y réfléchir. Mais pour l'instant, je suis juste fatigué. – Vous alliez quand même au restaurant, les soirs de babysitting ? – Rarement. Au début, j'ai fait ce que tout le monde me suggérait de faire, y compris toi. J'ai essayé de contacter les anciens amis, mais, chaque fois, c'était très compliqué. Entre ceux qui se dépatouillaient avec leurs conjoints, leurs divorces ou leurs enfants, ceux qui avaient déménagé et ceux qui n'avaient carrément pas envie de me revoir, il y avait constamment des impossibilités, des contrordres et des annulations. Au bout d'un moment, j'ai laissé tomber. – Vous faisiez quoi, alors ? – Je marchais. J'ai beaucoup marché. J'ai arpenté les avenues, d'un bout à l'autre de l'agglomération. C'est bien, la marche en ville. Au bout d'un moment, les pensées dérivent tellement que le temps disparaît. Et l'identité aussi. Quand il faisait vraiment trop moche, j'allais au cinéma. – Mais pourquoi vous ne m'avez rien dit ? – Te dire quoi ? Que c'était moi qui avais besoin d'un baby-sitter et pas mes filles ? Tu vois, finalement, je l'ai trouvé, mon garde d'enfants, sauf qu'on l'appelle un psy. – Et que vous n'êtes plus un enfant. – Alex, depuis combien de temps tu me vouvoies ? – Depuis le début, je crois. – Alors, quand tout ira mieux, quand j'aurai remis un peu d'ordre dans tout ça, quand tu auras retrouvé ta place et moi la mienne, si jamais tu acceptes encore de me supporter, je voudrais qu'on se tutoie. En attendant, merci. Merci pour tout. »

Marc se lève et marche très vite vers l'entrée de la maison de repos. Il n'a pas besoin de se presser. Alex ne le suivra pas. Il reste là, à contempler le parc et les collines alentour, en tentant de digérer toutes ces nouvelles informations.

Alex repartira une demi-heure plus tard. Il aura toujours l'esprit occupé. Tellement occupé que ça en deviendra agaçant. Il alternera les moments d'énervement contre tous ces gens qui l'empêchent de respirer librement et de devenir ce qu'il est, et les moments d'exaltation pure où il aura brutalement l'impression d'être exactement au centre du monde, au centre de son monde en devenir. Il souffrira une fois de plus de cet étrange écœurement, lié à la sensation de ne faire que monter et descendre des montagnes russes dirigées par un forain sadique. Il souffrira encore de l'absence de sens.

Parce que tout cela manque cruellement de sens. Se rendre dans une maison de repos pour parler à un mythomane qui n'est pas son père, alors qu'il n'adresse pas la parole au père qui vient de réapparaître dans son existence. Coucher avec Mélanie alors qu'il pense à Marion, et se souvenir du corps de Mélanie tandis que Marion se tient enfin à son côté. Sauver un petit garçon de l'étouffement alors qu'on suffoque sous le poids des autres. Se sentir seul dans les fêtes et trop peuplé dans le tête-à-tête. Poursuivre ses études sans concevoir un instant sur quoi elles pourraient déboucher. Apprendre des listes de mots qui n'ont aucune réalité pour soi – frêne, orne, hêtre, charme.

Ce qu'il faudrait maintenant, c'est agir. Agir au milieu du bordel. Organiser. Et ranger sa chambre. C'est ça, *ranger sa chambre*.

VIII

Le chaud et le froid.

En harmonie parfaite avec une fin de juin déjà marquée par l'affolement climatique, qui alterne les épisodes caniculaires et les giboulées de mars agrémentées de températures de novembre.

Alex a décidé de ne plus se plaindre des hauts et des bas, mais de les attendre, voire de les anticiper avec un large sourire – les dents peut-être un peu trop serrées. La plupart des garçons de son âge adorent les roller-coasters et Alex a décidé d'appartenir définitivement à sa tranche d'âge. À force de se cogner les problèmes des adultes qui gravitent autour de lui, son corps est plein de bleus.

C'est pour ça qu'il les invite – même s'ils ne le savent pas encore. Il a déjà laissé planer l'idée que, avec le nouvel emploi qu'il risque d'avoir à la rentrée – puisqu'il a rempli son dossier d'Assistant d'Éducation et que tout s'est enchaîné incroyablement vite, vu que, boursier et fils d'une mère prétendument célibataire il était prioritaire sans le savoir – emploi qui incluait des nuits d'internat à surveiller, il ne pourrait peut-être plus assurer le baby-sitting. De toute façon, baby-sitter qui ? Les parents d'Émile ne sortent quasiment plus, Mélanie surveille son budget et préfère employer les grands-parents, Marc ne donne pas d'autre signe de vie que des SMS laconiques assurant chaque fois qu'il va mieux, et, cerise sur le gâteau, Irina vient de lui annoncer qu'elle – enfin, ils, toute la famille ensemble, chez Irina, il ne peut en être autrement – allait bientôt déménager, mari muté et elle aussi, elle avait peut-être trouvé un poste, dans la formation continue, elle avait hâte, les enfants s'adapteraient, ce n'était pas un problème, les enfants s'adaptent toujours.

Voilà, ça, c'était le froid. Le départ d'Irina au détour d'une phrase – la tristesse de la voir s'en aller, mais également la déception de s'apercevoir qu'elle n'avait pas cru bon de le prévenir plus tôt, de le préparer à l'éventualité. Alex vient de prendre conscience qu'il ne compte absolument pas pour elle, qu'elle ne le considère que comme une connaissance, une de ces personnes qu'on aime voir et saluer dans la rue, mais dont l'existence vous importe peu.

Vexé, l'Alex.

Profondément.

Sa gorge est un glaçon et son souffle est gelé. Mais elle, elle ne remarque rien, elle continue de pérorer, elle décrit la ville dans laquelle elle va maintenant habiter, dans l'Ouest, pas très loin de la mer, c'est génial pour les enfants, si jamais tu passes par là, un jour, n'hésite pas à nous faire signe.

Et deux minutes plus tard, le chaud. « Mais je parle, je parle, et je ne sais même pas pourquoi tu es venu. Tu as besoin de quelque chose ? » L'hésitation, avant de se lancer, parce que tout cela est un peu vain, maintenant, si elle s'en va. C'est comme si elle lui avait volé son finale et sa surprise. Il est sur le point de renoncer, puis, au dernier moment, il fait volte-face et explique. Une fête. Un repas. Un truc qui se prolongerait tard dans la nuit et qui serait un souvenir lumineux. Et elle, son sourire – un arc qui lance des flèches dans les entrailles d'Alex. Il cherche un adjectif pour « plus que radieuse », il n'en trouve pas. Elle lui coupe les mots sous le pied, ça a toujours été comme ça, il n'en revient pas qu'elle s'en aille, il comprend à quel point elle va lui manquer, pourtant, ils se connaissent peu et depuis peu de temps, mais il y a des gens comme ça, non, des gens qui traversent votre vie et qui laissent derrière eux la queue de leur comète ? Elle, donc, amusée, excitée comme une gamine, c'est une très bonne idée, bien sûr que j'en serai, et les enfants, ils sont invités ? Non ? C'est encore mieux, sauf qu'il va falloir que je trouve un baby-sitter, rire léger, bulles qui montent dans la bouteille d'eau gazeuse.

Son sourire l'a poursuivi pendant tout le chemin du retour. Le réchauffant et le torturant tout à la fois. À un moment, il a même pensé revenir sur ses pas et lui avouer, lui hurler son amour, avec des mots grandiloquents et des formules usées jusqu'à l'os, c'est avec toi que je veux vivre, tu ne peux pas partir sans moi, je serai le nouveau père de tes enfants, ils sont habitués à moi, ils m'obéiront sans peine, je suis leur baby-sitter, je veille sur eux, tu vois, je veille sur eux.

Il se sentait lugubre et aérien, impossible cette fois de réunir les contraires qui coexistaient dans son esprit, dos à dos, irréconciliables. Alex cherchait une image physique pour décrire son état, et la seule qu'il ait trouvée, c'est le moment où l'on sort de chez le dentiste après une grosse anesthésie locale – l'impression que tout le monde remarque votre bouche en biais et votre pommette qui réduit votre œil à une fente faciale, alors qu'en fait, personne ne s'aperçoit de quoi que ce soit.

Mélanie, par exemple, n'a rien remarqué.

Peut-être que Mélanie ne remarque ou ne s'étonne plus de rien.

Elle continue de répondre à la clientèle, de faire tourner la boutique et de veiller au grain, mais ses gestes sont devenus creux et automatiques, une montre sans remontoir, une boulangère sans boulanger. Le fils Tarandon se rend régulièrement dans le magasin maintenant. Il discute avec elle en professionnel – certains clients le soupçonnent de vouloir racheter, ils ont tout à fait tort et presque raison.

Mélanie a déjà cédé, deux fois. Physiquement, s'entend.

Elle l'a avoué à Alex un soir, pendant qu'ils sifflaient leur deuxième gin tonic. « Tu comprends, ce serait comme un mariage de raison, il a beaucoup de qualités, il sait comment ça marche, le commerce, et il est gentil et divorcé, alors, forcément. » Alex avait demandé « Forcément quoi ? » et Mélanie avait souri. Elle lui avait passé la main dans les cheveux en répondant qu'il comprendrait quand il serait plus âgé ou quand il aurait des enfants. « Des fois, il faut se résoudre. »

Se résoudre.

Se dissoudre.

Alex n'aime pas les verbes en « oudre ». Déjà, à l'école primaire, il ne parvenait pas à retenir leurs conjugaisons. Et quand on ne parvient pas à retenir une conjugaison, c'est que le verbe n'existe pratiquement pas.

Alex avait quand même décidé d'appuyer là où il pensait faire mal. Il avait demandé, pour Laurent. « Quoi, Laurent ? – Je ne sais pas, qu'est-ce qu'il devient dans cette histoire ? – Rien, il ne devient rien. Il n'y aura pas de retour de flamme et, moi, je ne peux pas tenir toute seule, avec la boutique, les enfants, ce n'est pas possible, j'ai besoin d'aide. Il y a Yvan et son cousin, bien sûr, mais ils ne vont pas rester là jusqu'à la saint-glinglin, ils vont ouvrir leur boutique un jour ou l'autre. Et Laurent et moi, nous sommes en instance de divorce, un divorce à l'amiable, parce qu'il reste très aimable, et voilà. – Il lit, Tarandon ? » L'éclat de rire, tonitruant, sincère et presque libérateur. « Tarandon lit des magazines sur les voitures, et encore, simplement les images ! – Je ne te comprends pas. – Je ne te demande pas de me comprendre, tout le monde fait semblant de comprendre tout le monde, mais en fait, personne ne comprend personne. En même temps, j'espère que tu ne seras pas aussi fataliste et pessimiste que moi quand tu auras mon âge. Tu ne le mérites pas. – Et toi, tu le mérites ? – J'ai dû faire une connerie dans une vie antérieure. Je devais être, voyons, Marie-Antoinette, sûrement, une gourdasse qui ne comprenait rien à la situation du peuple et qui proposait aux Parisiens de manger des brioches puisqu'ils n'avaient plus de pain et, du coup, j'ai été réincarnée en boulangère lectrice, deux mots qui ne vont pas ensemble, et je fais pénitence. »

Cet après-midi-là, comme chaque fois qu'Alex entre dans la boulangerie, Mélanie lui fait un clin d'œil et un sourire – et, dans son regard, il y a une tendresse teintée de sexe, de remords et de nostalgie.

Elle l'embrasse comme si elle ne l'avait pas vu depuis des mois. Elle dit : « Tu en fais une tête ! Encore une qui te tourmente ? » et Alex grommelle. Il demande si elle a cinq minutes pour un café dans le bar d'en face. « J'ai toujours cinq minutes pour toi, mon lapin, laisse-moi juste servir Mme Loudun et je te laisse m'enlever. » Mme Loudun glapit et glisse que c'est bien de la revoir en forme, après ce qui vient d'arriver. Il y a dans sa voix de l'admiration, de la jalousie et une tonne de reproches. Dans le monde de Mme Loudun, les veuves portent le deuil pendant deux ans, et les femmes abandonnées ne sont pas censées conter fleurette avant au moins la même période. Les divorcées volontaires, elles, sont, de toute façon, des catins.

Il n'y a qu'eux à la terrasse du Bar de l'Avenir.

C'est l'heure où les gens travaillent, l'heure où le soleil décourage les ardeurs – trop violent, trop dangereux. Alex a une pensée pour les décennies à venir, les catastrophes naturelles, les icebergs qui fondent, les mers qui montent, les tempêtes qui se déchaînent. Il se dit « justement ». Justement, profiter des gens qui sont là, autour, avant que les déchaînements climatiques ne les éloignent et qu'on ne perde leur trace. Justement, les sentiments avant qu'ils ne deviennent caducs et dépassés, vaguement écœurants, puisqu'il faudra d'abord survivre et tenter, jour après jour, de lutter. Justement, les fêtes, les célébrations avant que les semaines n'égrènent les tensions, les combats, les morts par centaines.

Elle s'est mise face au soleil, elle prétend que sa peau ne craint plus rien – de la carne, du tanné, du résistant. Elle porte une jupe très courte, noire et blanche. Elle arbore des lunettes de soleil profilées, la contrefaçon d'une marque célèbre. Elle est parfaitement immobile. Elle a commandé une eau gazeuse. Elle est déplacée, là, à quelques encablures de la boulangerie – mais il émane d'elle une vraie force qui étonne Alex chaque fois qu'il se retrouve en sa compagnie. Une énergie qui vient du plus profond de son être, quelque chose qu'il ne trouve pas chez les autres, chez ceux qui se laissent porter par les événements, chez les Irina, les Marc ou les garagistes. Quelque chose que Marion possède également, en brouillon.

Elle le regarde l'observer et lance : « Quoi ? – Tu m'intimides. – N'importe quoi ! – Je te jure. – Je n'intimide personne. C'est mon problème, d'ailleurs. Si j'intimidais, je ne me serais pas fait larguer. – Au contraire. Les femmes intimidantes, on les quitte. – Tu vas aussi me quitter ? – On n'est pas ensemble, que je sache, et il me semblait que Tarandon te taraudait. » Elle sourit. Elle dit qu'il est un peu facile, ce jeu de mots là, elle y a déjà pensé plusieurs fois. « Qu'est-ce que tu voulais, à part m'arracher à mon gagne-pain ? – J'organise une soirée, enfin, un repas, avec des gens. – C'est mieux que tout seul. – Arrête. Avec les gens dont j'ai gardé les enfants cette année. – Tu ne vas plus faire le baby-sitter ? – J'ai trouvé un autre boulot. Enfin, c'est la même chose, mais c'est pour les ados. Garde-chiourme. Pion. Maintenant, ça s'appelle *Assistant d'Éducation.* » Cette fois, elle éclate de rire. « C'est bizarre cette tendance à vouloir cacher la vérité sous des noms ronflants, qu'est-ce que je pourrais bien être, moi ? – Responsable des ventes ? – Non, attends, responsable de Santé publique, département céréales. – Section mie et croûte. – Tu ne viendras plus garder mes mômes, donc ? – Je ne les garde pratiquement plus. Tu ne m'as pas appelé pour du baby-sitting depuis deux mois. – OK. En revanche, pour la soirée… – Quoi, pour la soirée ? – Je n'ai pas l'habitude des repas où je ne connais personne. – Et en boîte de nuit, tu connais tout le monde ? – En boîte de nuit, tu ne causes pas, tu danses. Et comme je n'ai pas beaucoup de conversation… – Quand est-ce que tu vas cesser de te faire passer pour une débile mentale ? – Quand je serai sûre que je n'en suis pas une. – C'est important que tu viennes. – Pourquoi ? Pour faire le con du dîner de cons ? – Pour moi. Surtout que, sans toi, je n'aurais été employé par personne. – Il y aura qui ? – Luzard, tu sais, le garagiste. – Ah, oui. Ta bonne action. – Et une moitié russe et un prof d'anglais dépressif. – Super. Avec leurs conjoints ? – Je crois que oui. Je n'en suis pas certain. – Et ton ex ? – Je ne l'ai pas invitée, non. – Dommage, j'aurais eu deux mots à lui dire. Bon, ça va être chiant à mourir, tu t'en rends compte ? »

Curieusement, non.

Alex ne s'en était pas encore rendu compte.

Il n'avait vu que lui, au milieu des autres – mais pas les autres entre eux.

Une crampe au niveau des intestins – merde, il court droit dans le mur, ça va être une catastrophe, autant annuler tout de suite.

Sauf que là, d'un coup, Mélanie remonte légèrement ses lunettes de soleil, croise la jambe droite sur la jambe gauche, laissant apercevoir l'ombre d'une fesse, et lui décoche son plus grand sourire. « En même temps, ce n'est pas comme si je croulais sous les invitations. Disons que oui, je viendrai à ton repas d'adieu. J'apporte des gâteaux, je présume ? »

Alex passe l'après-midi à stresser – il n'y aura pas assez de monde, pas assez d'ambiance, rien à se raconter, les invités vont avoir la migraine et, dans leur souvenir, lui, Alex, il sera obligatoirement associé à ce plantage, à cette longue soirée d'ennui. Vingt fois il est sur le point d'abandonner. Vingt fois il ne parvient pas à faire marche arrière. D'autant qu'entre-temps, les garagistes, à qui il avait laissé un message, ont fait savoir qu'ils acceptaient avec plaisir – mais ne pouvaient-ils vraiment pas amener Émile ?

Dans la soirée, Alex n'en peut plus de tourner en rond dans son appartement en se demandant quelle mouche l'a piqué. Il retrouve Bastien au bar. Celui-ci lui demande ce qu'il lui arrive, un coup de foudre ou une crise hémorroïdaire ? Après quelques verres, Alex déballe tout et demande conseil. Comment annuler ça proprement ? Est-ce qu'il faut feindre une crise d'appendicite ? Arguer d'un problème familial incommensurable – une attaque cardiaque du paternel nouvellement retrouvé ? Bastien écrase sa rondelle de citron dans son rhum Coca et se gausse. « T'es vraiment un suceur de première, toi. Tu organises une fête pour tes employeurs, en bon fayot, ensuite tu t'en mords les doigts. – N'en rajoute pas ! – Je ne vois pas pourquoi tu t'en fais autant. Ces gens-là, tu ne les reverras sans doute jamais, à part la boulangère, alors qu'est-ce que tu en as à cirer ? C'est pour le qu'en-dira-t-on ? Ta réputation de bon gamin bien sous tous les rapports ? T'en as pas marre, de ça ? » Alex ne répond rien. Bastien lui donne une tape dans le dos. « Dis donc, ta boulangère, c'est celle que j'ai vue à la boîte de nuit l'autre jour ? La divorcée ? Tu es avec elle ou quoi ? – Ça va pas, non ? – OK, bon, elle est libre, donc. Alors je viens à ta partouze. C'est à quelle heure ? – Hein ? – Pourquoi, j'étais pas invité ? » Alex bredouille que si, bien entendu – il a l'impression d'être lancé à deux cents à l'heure au volant d'un bolide qu'il a cessé de contrôler.

Bastien, en plus.
Et en mode drague.
Le comble.

La tête d'Alex tourne – il rentre en pilote automatique et s'écroule sur le lit. Ne reste que Marc. C'est sans doute la seule personne qu'il a le plus envie de voir avec Irina – c'est sans doute la seule personne qui refusera tout net. Pas la force d'affronter les autres. Alex joue trente secondes avec l'idée de se faire interner, histoire d'éviter les embrouilles qu'il a lui-même créées – trente secondes seulement, puis c'est le trou noir.

*
* *

« Non. Oui. Je ne sais pas. Tu n'es pas plus avancé. »

Marc pousse un soupir. Il dit qu'il ne faut pas lui en vouloir, il est encore branlant. Il rit doucement. Il ne regarde toujours pas Alex en face. Depuis que ce dernier est arrivé, Marc fixe le pan de mur du salon. Et il ne parle presque pas. Anne a passé la tête par la porte deux ou trois fois pour vérifier que tout allait bien. Pour épier aussi. Elle ne veut pas laisser son mari et Alex longtemps ensemble. Elle se sent dépossédée – et elle se déteste de réagir de la sorte. Maintenant, elle a tout le temps peur. Une peur diffuse. Une crainte qu'il ne déraille de nouveau. Que tous les étages qui ont été montés péniblement ces derniers jours, ces dernières semaines, ne s'écroulent. Alors elle fait semblant de s'affairer à la cuisine, jette un coup d'œil au salon de temps en temps et, quand elle n'y tient plus, se montre et dit : « Ça va ? » Alex rougit chaque fois. Marc opine du chef.

Elle a hésité quelques secondes avant de faire entrer Alex. Elle l'assimile toujours à la chute de son mari – la « chute », elle emploie souvent ce mot-là, elle ne parvient pas à parler de dépression, c'est un terme trop connoté, si bien qu'elle se réfugie dans le physique, il s'est fait mal, il a trébuché, il a fait une chute, il va se remettre, il se remet déjà.

Quand elle a vu la silhouette d'Alex devant la grille, elle l'a maudit brièvement. Qu'est-ce qu'il voulait ? Qu'est-ce qu'il cherchait ? Marc désirait avant tout du temps pour réfléchir, des actes routiniers, pas de visites, une mer d'huile sur laquelle son bateau pourrait avancer sans secousses. Est-ce qu'il ne pouvait pas comprendre cela ? Marc avait pourtant bien spécifié à ce gamin qu'ils ne se verraient pas avant longtemps, et voilà qu'à peine dix jours après être sorti de la maison de repos, Alex revenait. Mauvais présage, mauvais sujet, mauvaise pioche.

Elle aurait voulu refuser, mais une autre partie d'elle luttait et lui répétait que ce gosse-là n'était jamais qu'un révélateur et qu'il ne fallait pas en faire un bouc émissaire. *Ton rôle, là-dedans, ma belle.* Elle savait qu'Alex était une excuse facile, qui la dédouanait de sa responsabilité. De leur responsabilité à tous les deux, à Marc et à elle. Du chemin glissant qu'avait emprunté le couple depuis quelques années. Les silences qui s'installent plutôt que les emportements. Ces territoires qu'on croyait siens et qu'on cède, par lassitude, à force de compromis bancals.

Anne s'est mordu les lèvres. En elle, les conflits. La frayeur d'admettre des choses comme ça. De se donner même le droit de les penser.

Marc devait rester en maison de repos, le psy y était favorable et Marc n'avait pas d'objection, mais elle, elle ne supportait plus l'attente, elle voulait qu'ils reprennent rapidement leur vie, là où ils l'avaient laissée des années auparavant. Lorsqu'elle y pensait, quand il n'était pas là, cela paraissait simple. Depuis qu'il était revenu, sans opposer aucune résistance, tout semblait compliqué. D'abord, il ne parlait pratiquement plus. Il échangeait quelques mots et quelques sourires avec ses filles, mais il fatiguait vite et elles le sentaient. Elles partaient jouer ailleurs. Elles passaient de plus en plus de temps chez leurs amies respectives.

Sa première réaction, quand elle a vu Alex à la grille, oui, ça a été de l'amertume et une bonne dose de haine pure. Elle a pris une longue inspiration et elle s'est sommée de se calmer. Elle est allée à sa rencontre en se forçant de le regarder dans les yeux, et elle a décelé dans le regard de son adversaire beaucoup de fragilité et une réelle frayeur. Elle a senti la chaleur dans ses veines – le réconfort. Rassurée. Comme lors de leur première rencontre. Plus rassurée encore lorsqu'il a commencé à balbutier des phrases qu'il ne terminait pas, laissant des points de suspension presque visibles dans l'air. Il savait qu'il dérangeait, il était conscient de ne pas être à sa place, mais il ne se sentirait pas bien non plus s'il ne faisait pas la démarche. C'était à propos d'une soirée, c'était débile, il le savait, c'était tellement loin de leurs préoccupations, il était désolé, vraiment, mais il voulait les inviter quand même, tous les deux, elle et lui, pas les enfants, parce qu'il n'y aurait pas d'enfants, enfin, voilà, un dîner dans son petit appartement, avec tous les parents dont il avait gardé les gamins cette année, puisque l'an prochain, il abandonnait le baby-sitting – il avait dégoté autre chose –, et il n'était pas convaincu d'être doué pour ça, peut-être qu'il ne parvenait pas à trouver sa place entre les mômes et les adultes, enfin il ne savait pas pourquoi il racontait tout ça, c'était ridicule, bien sûr, c'était ridicule, il fallait l'excuser, il…

Quand Anne a pris la parole, elle a elle-même été surprise par la douceur de sa voix. Quelque chose dans le timbre d'Alex l'avait ramenée à l'enfance, pas à la sienne, non, elle était trop éloignée maintenant, mais à celle de ses filles. Cette fragilité et cet entêtement tout à la fois. Cette conscience de perturber et cette envie, néanmoins, d'aller jusqu'au bout. Chaque décision personnelle comme un premier saut en parachute. La lutte incessante de l'identité – je viens de tes entrailles, mais je suis moi, moi, moi.

En regardant Alex, Anne a vu ses filles dans quelques années, le début de l'indépendance, les choix à faire seules, le corps qui sort endolori de l'adolescence et la tête dans un rouleau compresseur.

Dans la voix d'Anne, il y avait de la bruyère et des genêts, un air atlantique coloré, un ciel changeant qui n'avait rien d'hostile. Elle ne pouvait pas répondre pour Marc, elle pensait que non, que son état était encore trop fragile mais, en même temps, elle ne voulait pas prendre la décision à sa place, vous voulez lui parler, Alex ?

Alex, statufié. Il était venu pour ça, évidemment, mais il espérait secrètement se faire rabrouer ou, à tout le moins, ne pas devoir faire face à Marc. Il aurait dû se contenter d'un SMS ou d'un mot glissé dans une enveloppe. Mais qu'est-ce qu'il pouvait répondre, maintenant ? Non, je ne souhaite pas le voir ? Surtout pas ? Je suis passé juste par politesse, en fait, je n'ai pas envie qu'il vienne tirer une gueule de trente pieds de long et gâcher ma fête ?

Il a baissé la tête. Anne l'a pris pour un assentiment.

Alex est entré dans le salon et Anne a refermé la porte derrière lui. Alex sentait les gouttes de sueur dans son dos – ils ne s'étaient pas revus depuis la maison de repos et Alex ne savait pas quel chemin Marc avait emprunté depuis. Il n'y avait eu que quelques SMS sans intérêt, du tout-va-bien, du mensonge pur et dur.

« Tu es venu me dire que tu t'en vas ? »

Alex n'a pas pu s'empêcher de sourire. La phrase était un tel cliché qu'elle déclenchait une série de références poétiques et musicales qui rendaient le sens des mots presque inaudibles.

Pourtant, il y avait de ça, dans cette invitation à dîner. Il y avait un au revoir orchestré et presque solennel – mais Alex refusait de l'admettre. « Pas vraiment, non. Je suis venu pour vous inviter. – Je croyais que tu ne devais plus me vouvoyer. – Vous, c'est toi et ta femme. » Alex a développé. Sa voix était plus assurée qu'elle ne l'était lorsqu'il se tenait en face d'Anne. Marc ne l'a pas une seule fois regardé. Depuis le début, il fixe le mur en face de lui – le papier peint jaune et la reproduction d'un tableau de Michaux.

« Oui. Non. Je ne sais pas. Tu es bien avancé. – Ce n'est pas grave. Tu fais comme tu veux. – Tu as déjà parlé de moi à ces gens-là ? – Je n'ai jamais parlé de toi à personne, je crois. – Tant mieux. Il est possible que je vienne à l'apéritif et que je reparte ensuite. Tu leur expliqueras. Tu inventeras. Un cancer, un truc incurable. – Je ne mentirai pas. Je dirai que tu ne vas pas très bien. – Et toi, comment tu vas ? – Pas mal. Sauf que j'ai l'impression de faire n'importe quoi. Je suis très désordonné. Mais, par rapport à toi, c'est du pipi de chat. »

Le rire de Marc – bouche fermée, une cascade discrète.

« Tu ne m'en voudras pas, si je renonce ? – Bien sûr que non. – Et ensuite ? – Ensuite quoi ? – Tu deviens quoi ? – Assistant d'Éducation. – Alors, on va baigner dans le même milieu. – J'espère que tu me donneras des tuyaux. – Si j'en avais, je n'en serais pas là. – Je sais. »

C'est à ce moment-là que les filles entrent dans le salon. Elles annoncent que le dîner est servi. La cadette fait la bise à Alex. L'aînée se contente de lui serrer la main. Alex bredouille une phrase inutile – je dois y aller. Il tâche de ne pas trop se hâter, de ne pas avoir l'air de fuir.

De nouveau, il n'a qu'une seule envie : courir. Prendre ses jambes à son cou et passer les frontières.

Se réinventer une vie en Angleterre ou en Espagne – une terre vierge.

Dans la rue, il additionne. Un couple de garagistes paranoïaques, une boulangère esseulée, un étudiant obsédé, une Russe éthérée, un prof dépressif – super-soirée, effectivement. Une année à marquer d'une pierre blanche.

IX

Pire que prévu.

Alex suit une craquelure sur la peinture verte. Elle commence juste au-dessus de la plinthe et monte jusqu'au plafond. Il se souvient que, petit, il passait des heures à observer les fissures sur les murs. Il imaginait des pays, des continents, il baptisait des villes, des capitales, il créait des lacs, des fleuves, des mers intérieures. Plus tard, quand il a découvert que des logiciels et des jeux vidéo proposaient le même passe-temps, cela a cessé de l'intéresser. La magie se perdait dans les couleurs contrastées de l'écran.

Alex soupire sur la chaise en plastique noir. Il se demande quand tout ça va finir. Il se dit que ce sont probablement les mots mêmes que pensaient certains de ses invités, en début de soirée. Lui, non. Toute cette angoisse qui l'avait étreint dans les jours qui précédaient avait disparu subitement. Elle avait été remplacée par un jusqu'au boutisme aberrant – *maintenant, on boit la coupe jusqu'à la lie et on ne se plaint pas*. C'est dans ces moments-là qu'Alex se trouvait des traits de ressemblance avec sa mère, mère qui, d'ailleurs, avait l'intention de passer au dessert, comme par hasard. Alex avait eu le malheur de mentionner le dîner, et il avait bien senti l'intérêt et la vexation de Catherine – cela aurait été très différent s'il s'était agi d'une soirée entre jeunes, mais là, pourquoi était-elle exclue ? D'autant que le père d'Alex était reparti quelques jours voir son autre famille, celle que Catherine appelait « la légitime ». Elle avait toujours voulu être une maîtresse, parce que les maîtresses sont des femmes libres et indépendantes ; maintenant qu'elle touchait du doigt son rêve, elle profitait pleinement de son nouveau statut. Et le fait que son amant ne soit personne d'autre que son ex-mari ne ternissait en rien son bonheur. Au contraire.

Alex avait donc décidé de laisser les choses se faire et il avait oublié ses angoisses en cuisinant. Le stress fond avec le beurre, l'anxiété ne résiste pas à l'essoreuse. Il avait retrouvé un plaisir enfantin à multiplier les entrées et les desserts, tout en sachant que la moitié des plats seraient à peine touchés – à part les garagistes, les invités étaient tous des picoreurs. Au moment où les premiers avaient sonné (Mélanie, évidemment, qui, parce qu'elle appréhendait la soirée, préférait arriver bien en avance pour mimer la maîtresse de maison – puis Luzard, sans sa femme, elle viendrait ensuite –, pour l'instant, elle s'occupait d'Émile, oui, ils avaient trouvé une baby-sitter, mais bon, ils n'avaient que moyennement confiance), Alex se sentait même en pleine forme, prêt à animer des tablées d'estivants dans un Village Vacances Famille, et à pimenter n'importe quelle conversation.

La craquelure sur le plafond sale en rejoint une autre, venue de derrière le calendrier. Tout ça pour rien. Tout ça pour finir ici, dans ce couloir. Pire que prévu. À l'horloge, il est presque deux heures du matin. Autant être ici plutôt que chez lui. Il n'aurait pas dormi. Il se serait tourné et retourné sur le matelas en tentant de chasser les images, mais elles n'auraient pas voulu céder. Alex redoute de revenir chez lui, maintenant. Il devra peut-être déménager, trouver un clapier dans une cage à lapins, ou une colocation. Il faudra en parler à Bastien.

Une pensée pour Bastien coupé en plein élan. Pourtant, c'était bien parti. Mélanie l'avait jaugé du premier coup d'œil et avait compris son manège. D'ailleurs, elle avait d'emblée annoncé la couleur en refusant d'entrer dans les codes d'un jeu éculé. Elle avait froncé les sourcils tandis que Bastien lui parlait des endroits où il aimerait partir en vacances avec son âme sœur, s'il en avait une (et Alex, qui gardait une oreille aux aguets, en rougissait pour lui, quelle honte, il y a encore des mecs qui croient que ce genre de baratin marche, c'est ahurissant, je serais lui, je m'enfoncerais six pieds sous terre), et elle lui avait demandé, d'une voix très sonore : « Dis donc, tu serais pas en train de me draguer, toi, non ? » Bastien avait souri sans se démonter. Un des avantages certains de Bastien, en plus d'une silhouette longiligne de nageur amateur, qu'il était par ailleurs, c'était son aplomb. Et cette façon de ne jamais s'empourprer, quelle que soit la situation. Alex lui enviait ça. Alex rougissait très facilement. Bastien avait répondu que non, il ne la draguait pas pour l'instant, mais que, si, plus tard elle était tentée, elle ne devait pas hésiter à le lui faire savoir. Mélanie avait éclaté de rire et lui avait tapé sur l'épaule. « Je pourrais être ta mère, petit con ! – Sûrement pas. J'ai vingt ans ! – D'accord, alors ta tante ou ta grande cousine. – Et alors ? »

On en était là.

Alex attendait la réponse, toujours de la même oreille (la gauche), pendant que, de la droite, il suivait les explications d'Irina quant à son prochain déménagement et les complications que ce déplacement allait entraîner dans sa vie. Irina qui ne pouvait s'empêcher de lancer des coups d'œil à Marc, de temps à autre, ce qui avait brutalement rappelé à Alex que, si, en fait, il avait déjà parlé de Marc à quelqu'un, dans cette assemblée. Marc, un sourire totalement absent aux lèvres, qui ne buvait pas son verre d'eau gazeuse et dont le regard semblait planer au-dessus de la table, tandis que le père Luzard racontait encore par le menu la soirée où Émile avait failli y passer, puis dérivait, on ne sait comment, sur les différentes marques de voitures, avantages, inconvénients, grosses arnaques et incidents mineurs.

La conversation roulait doucement, telle une bagnole en rodage aurait dit Luzard, dont on attendait la femme pour se lancer dans le repas. Tout le monde avait joué le jeu, ils étaient venus avec un plat qu'ils avaient confectionné – ou qu'ils avaient acheté en route, Irina et son immense salade Waldorf, Bastien et sa quiche au thon, Mélanie avec ses tartes variées, les Luzard avec des tonnes de foie gras. Catherine avait téléphoné et, tout en prétendant ne pas s'imposer, elle avait indiqué qu'elle passerait un petit coup vers les vingt-deux heures. Anne viendrait dès que les enfants seraient couchés, et que sa mère serait là pour les garder.

C'est Luzard qui avait décidé de commencer sans les deux ou trois absentes – des femmes, comme par hasard. Il avait proposé de sabrer le champagne en les attendant. Du champagne, il en avait apporté et Mélanie également. Celle-ci s'était alors levée et avait demandé quelques minutes d'attention. Elle avait pris la parole avec un léger tremblement dans la voix qui s'était estompé petit à petit, tandis qu'elle déroulait la chronologie des événements, la petite annonce, la conversation à la boulangerie, la première nuit, le dîner au restaurant avec son mari, ce qui lui avait semblé être le début d'une nouvelle vie et qui l'avait effectivement été, sauf qu'elle n'avait pas du tout prévu que ce serait cette existence-ci, divorcée, en charge de la boutique, pratiquement associée maintenant avec celui qui n'était qu'un apprenti au départ, draguée par un autre boulanger et, aujourd'hui, par un étudiant qui pourrait être son petit cousin. Les autres avaient commencé à rire, tandis que Bastien baissait la tête et s'intéressait tout à coup aux miettes sur le parquet. Mélanie continuait, elle disait qu'elle voulait rendre hommage à Alex, qui, sans le savoir et sans le vouloir le plus souvent, bouleversait la vie de ceux qu'il croisait, rien qu'en entrant dans leur appartement, leur maison, leur intimité. Le sourire de Marc avait pâli un peu, et Luzard avait hoché la tête. Alex pensait aux soirées de récompenses télévisées, les césars, les oscars, les NRJ Music Awards, les Molières, il se sentait euphorique, mais un peu absent. Il était le seul à savoir que Mélanie enjoli vait et il devinait même qu'elle en était consciente.

Alex n'avait en rien modifié l'existence d'Irina qu'il n'avait fait qu'effleurer, et son passage dans celle des Luzard n'avait été qu'une coïncidence.

Mais il appréciait d'être, pour une fois, le centre de l'attention. Lui qui n'était jamais le meneur dans les groupes d'étudiants qu'il fréquentait, lui qui ne faisait que suivre le mouvement sans réellement briller – il avait appris la veille qu'il avait obtenu sa première année avec une moyenne de 10,04. Il faudrait travailler davantage l'année suivante pour pouvoir s'assurer d'un passage en licence. Alex savourait les mots et la tonalité générale du discours de Mélanie, il s'autorisait un peu d'autosatisfaction. Il souriait. Il se sentait sourire, le pli de la fossette sur la joue droite, la forme des yeux qui se modifie quelque peu.

On en était presque à la fin du discours quand le bébé Guilbert a commencé à pleurer. Alex a souri franchement cette fois, parce qu'ils ont tous tiqué d'une façon ou d'une autre, et qu'Alex a pu voir passer dans leur esprit les souvenirs des nuits hachées. Le bébé Guilbert, il s'y était bien habitué. Il faut dire que, la plupart du temps, comme Alex faisait du baby-sitting ou sortait, il ne l'entendait pratiquement pas. Le bébé Guilbert ne criait pas toute la nuit non plus. Simplement depuis la naissance il avait un mal fou à s'endormir. Sa mère le berçait ou restait à côté de lui pendant des heures. Alex l'imaginait parfois, lasse et tombant de fatigue, se demandant ce qu'elle avait bien pu faire à qui que ce soit pour connaître ce calvaire. Alex avait déjà pensé à proposer son aide, mais les Guilbert ne l'avaient jamais contacté, et Alex n'était pas à l'aise avec les bébés. Il préférait que les enfants aient deux ans ou plus, qu'ils sachent marcher, parler un peu, ou au moins fassent comprendre ce qui ne leur convenait pas.

Mélanie a bien rebondi. Mélanie a un vrai sens du discours – une brassée d'humour, quelques vacheries, une touche d'émotion, mais pas trop pour ne pas faire pleurer dans les chaumières. Alex croit qu'il ne comprendra jamais cette femme – sa façon d'assumer crânement une certaine vulgarité, ses fragilités, les cumulonimbus devant ses yeux, ses appétits de lecture et cette facilité qu'il découvre à tourner des phrases écrites. Elle est un puzzle dont il ne parvient pas à recomposer les pièces, mais quand il y réfléchit, c'est le cas de tous ceux qui sont là, à part Luzard, peut-être, parce que Alex le connaît à peine. Il doit être aussi complexe que les autres. Aussi complexe qu'Irina qui s'ouvre, donne et se referme tout à coup sans qu'aucun point sensible semble avoir été touché. Que Marc qui s'invente des destinées familiales et des repas d'amis. Et même que Bastien, qui est loin d'être monochrome et qui, dans le grenier de chez ses parents, peut peindre des toiles toute la nuit – des toiles qu'il ne montrera à personne et qu'Alex n'avait eu l'heur de voir que parce qu'il avait été choisi par Bastien, le jour de son déménagement, pour aller chercher le matelas et le sommier au grenier, et à qui il avait fait jurer de ne faire aucun commentaire ni de ne jamais rien révéler. Ce sont des toiles violemment rouges, jaunes et noires – et, tandis qu'Alex les observait en silence, Bastien se rongeait les ongles en fronçant les sourcils – chose qu'il ne fait jamais dans sa vie diurne.

Mélanie a fait remarquer que le jour où on fêtait la retraite d'un baby-sitter, il était normal que des enfants se mettent à chouiner. Puis elle a embrassé du regard la petite assistance et a ajouté que c'était sans doute le moment approprié pour le cadeau. Alex n'a pas eu à feindre la surprise – elle était réelle. Elle ne venait pas du fait qu'ils viennent avec des présents, Alex avait deviné que, malgré son insistance, ils avaient tenu à lui offrir quelque chose. Elle venait du fait que ce cadeau était unique – un pour tous, tous pour un. Alex se demandait qui avait bien pu glisser l'idée à qui et qui avait téléphoné à qui dans ce groupe disparate dont il croyait être le seul lien.

Le papier cadeau était difficile à déchirer, il y avait du Scotch partout. Irina a pouffé et a glissé qu'elle n'avait jamais été douée pour l'emballage. Alex enregistrait toutes les informations tout en essayant d'ouvrir le carton. Il entendait les cris perçants du bébé Guilbert, une vraie scie, celui-là. Il s'est félicité de n'être jamais allé offrir ses services là-haut, le gamin lui aurait vrillé la tête en moins de deux. M. Guilbert a commencé à gueuler aussi. Un truc genre « il va la fermer, oui ? ». Classe, comme fond musical. Alex a perçu le froncement de sourcils de Luzard, lui qui n'avait, probablement, jamais élevé la voix en présence de son fils. Bastien avait un sourire en coin, mais Alex ne savait pas si c'était dû au cadeau à venir ou à l'arrière-plan sonore.

Quand, enfin, Alex en a eu terminé avec le paquet, les voix des voisins étaient montées d'un cran – Mme Guilbert s'en mêlait.

Ce qu'Alex avait devant les yeux, il ne pouvait y croire – un ordinateur portable avec une webcam à côté. Irina a précisé que la webcam, c'était pour rester en contact, même quand on était loin, quand on déménageait, par exemple – et Alex a senti de nouveau le feu sur ses joues. Mélanie a ajouté que c'était un premier prix, hein, fallait pas exagérer non plus… « Et tu remercieras tes parents, ils sont dans le coup ! » Alex n'a pas eu le temps de répondre. Il a même à peine entendu ce que disait Mélanie. À l'étage du dessus, l'ouragan était passé à la force 5. Le père hurlait, la mère aussi, mais le bébé parvenait à crier plus fort qu'eux. C'était déstabilisant. Cela n'avait jamais été si fort. Les murs de l'immeuble ne sont pas, comme on pourrait le penser, en papier de cigarette. C'est une bâtisse qui a presque cent ans et qui filtre bien les bruits, en général. Marc a commencé de bouger sur sa chaise, il a marmonné quelque chose comme « il faudrait qu'ils se calment maintenant », mais au moment où il terminait sa phrase, il y a eu un grand fracas ponctué de « tu te tais, tu te tais, tu te tais, oui ? ». Des pleurs… et soudain, un cri tellement strident qu'il est instantanément devenu irréel. Alex et ses invités se sont figés sur place. Il se souviendra plus tard que, son portable dans les mains, il les regardait tous, cette assemblée à lui et, qu'en même temps, une voix lui soufflait « la fête est finie », alors qu'elle n'avait même pas commencé.

Le hurlement n'en finissait plus, il réveillait tous les dieux et tous les diables, les esprits planqués dans les greniers et les caves, les voisins, les passants – tandis qu'à l'étage au-dessous, tout était gelé. Et ce hurlement, il était féminin, définitivement féminin. Une femme. Pas un bébé. C'est ce qu'Alex pensera au moment où Marc se précipitera dans la cage d'escalier, suivi par tous les autres, en ordre dispersé. Irina, qui répète non, non, non, non. Mélanie, livide et tremblante, qui s'est laissé prendre la main par Bastien. Luzard, qui retrouve sa femme sur le palier – elle vient d'arriver, elle ne comprend rien. Et Alex. Alex qui se demande comment d'un coup, comme ça, tout peut basculer. Une soirée. Une ambiance. Une vie. Trois vies, puis plus que deux. Et un immense silence.

Et maintenant, cette drôle d'ambiance, ce milieu de la nuit, à regarder les fissures sur les murs du couloir du commissariat. Il a fallu expliquer, détailler et signer des dépositions, en tant que « témoins auditifs du drame », comme on dit. On a gardé Alex en dernier, puisqu'il est le locataire de l'appartement du dessous. Ses invités sont repartis les uns après les autres, en s'embrassant bien qu'ils se connaissent à peine. Alex ironise – le but de ce dîner, c'était peut-être qu'ils se rencontrent tous, et, dans ce cas, il est pleinement atteint. De même que l'autre but, inavoué celui-là : Alex voulait organiser une soirée dont les invités se souviendraient toute leur vie – un truc *mémorable*. Il y est parvenu sans fournir trop d'efforts, au bout du compte. Ils se sont précipités dans les escaliers, la porte de l'appartement était ouverte, la mère hurlait sans discontinuer et le père était recroquevillé dans un coin du salon. Il y avait du sang un peu partout et un bébé, qui n'était déjà plus qu'un poupon de cire, gisait sur les lattes du parquet.

Dans l'esprit d'Alex, tout devient incohérent, désordonné et parfois brumeux. Irina qui vomit sur le palier, Mélanie qui s'en occupe et redescend doucement avec elle dans l'appartement d'Alex, Bastien qui tremble de la tête aux pieds, les Luzard effondrés, et Alex qui reçoit les ordres de Marc, des ordres précis, presque froids. Vérifier la respiration du bébé (aucune), téléphoner aux urgences (mais elles étaient déjà prévenues, par d'autres voisins, sans doute), à la police, ne toucher à rien, empêcher les curieux – les locataires du rez-de-chaussée voudraient bien participer au drame, ils ressentent le frisson de l'extraordinaire et flairent les médias potentiels. Prévenir surtout les gestes désespérés, le père qui sauterait par la fenêtre, la mère qui se précipiterait sur un couteau et buterait tout ce qui reste en vie autour d'elle.

Plus tard. Les premières questions des flics, l'appartement d'Alex transformé en camp de fortune, personne ne veut rentrer chez lui, mais personne ne veut parler non plus, on commence des phrases du genre « Comment on peut en arriver à… », mais on se tait, parce que les réponses sont évidentes, parce que chaque père ou chaque mère a déjà pensé au moins une fois à… Sauf que. Sauf qu'il n'y a pas eu de passage à l'acte. Parfois, d'un coup, un début de confession. *Le jour où l'aîné a ouvert la fenêtre et s'est tenu debout sur le balcon du 7e étage. La nuit où j'ai appris que j'étais enceinte, je ne voulais pas, je ne voulais pas, je ne voulais pas.* Des aveux qui s'arrêtent brutalement et reviennent à l'intérieur, réintègrent le corps et refusent d'aller plus loin.

Le nom d'Alex.

Quitter le couloir.

Le bureau pourrait être rafraîchi. Le flic en face d'Alex est fatigué. Il bâille et se retourne à demi. Il s'excuse. Il voudrait qu'on en finisse rapidement, maintenant. Il n'y a pas grand-chose à ajouter, n'est-ce pas ? Un père qui pète les plombs et lance un nourrisson contre les murs, il a déjà vu ça, malheureusement. C'est la frontière ténue entre le moral et l'immoral, entre la normalité et le criminel. Il a plutôt de la compassion pour cet homme destiné à rester une loque toute sa vie. Fera des tentatives de suicide répétées. Incapable de garder un boulot très longtemps. Poursuivi par le fantôme, bloqué dans l'espace-temps, condamné à revivre indéfiniment le moment où tout a dérapé. Ce sont des gens qui avaient besoin d'aide, mais on le découvre quand c'est trop tard, comme d'hab. Alex écoute. Il se demande s'il va vraiment y avoir des questions, ou s'il a attendu pour assister au monologue désabusé d'un fonctionnaire harassé. De temps en temps, il décroche – des images déboulent en force, les traces de sang sur le mur, le corps désarticulé, la mère devenue sirène des pompiers, c'est la première fois qu'il se rend compte que le son de la sirène des pompiers est calqué sur le cri de la femme qui vient de perdre son enfant.

« Vous aviez remarqué quelque chose, les jours précédents ? – Comme ? – Comme, je ne sais pas, des cris, des invectives, du grabuge. – La même scène tous les soirs. Le bébé n'arrivait pas à dormir. – Certains disent que les bébés sentent quelque chose. Un père violent, une mère à la dérive. Les bébés deviendraient anxieux, nerveux et la spirale infernale se mettrait en route. Mais enfin, ce n'est qu'une théorie. »

Alex serre les dents. La silhouette de son père passe devant ses yeux. Sa mère. Il faut qu'il prévienne sa mère. Elle devait passer après le repas, il ne l'a pas vue.

« Il criait, le père ? Il menaçait ? – Quelquefois, oui. Mais je ne suis pas une référence, je ne suis pas souvent là, le soir. – Ah ! La vie d'étudiant… Vous êtes bien étudiant, non ? – Exact. Mais je travaille après les cours. – Vous faites quoi ? – Du baby-sitting. » Le policier relève la tête. Son regard se fiche dans celui d'Alex. C'est la première fois qu'Alex ressent, physiquement, la puissance de l'ironie du sort.

L'entretien dure encore une dizaine de minutes. Et c'est la nuit de début juillet, la promesse des vacances, la vie qui s'ouvre, les groupes de gens qui rient ensemble, les couples qui se tiennent par les épaules. Alex marche dans les rues. Il ne peut absolument pas revenir dans l'immeuble et dans l'appartement là, maintenant, comme si de rien n'était. Il a besoin d'une présence ou d'un alcool fort. Des deux, peut-être.

Trois *mojitos* plus tard.

À cette heure-là, il devrait être en train de ranger, chez lui. Les reliefs du repas sous un film plastique, le plastique et le verre dans leurs sacs-poubelle respectifs, le reste de la vaisselle. Alex aime particulièrement ces moments-là. Lorsque tout est redevenu calme, qu'il est bien trop tard et qu'il doit remettre les pièces en ordre. Il a un sentiment du devoir accompli, un sourire flotte sur ses lèvres. C'est comme ça qu'il se l'imagine, du moins. Parce qu'il n'en sait rien, au fond – c'était la première fois qu'il organisait une soirée chez lui. Alex pense à tous ces plats qui l'attendent, intacts, sur la table de la cuisine ou de la salle à manger. Le cadeau déballé et incongru : dorénavant, chaque fois qu'il allumera son ordinateur, il apercevra le corps déglingué en bas du mur, et le père dans l'encoignure. Le cri qui s'échappe de la mère. Alex ne sait pas quoi faire. Est-ce qu'on peut rapporter l'ordinateur ? L'échanger ? Et pourquoi ? Il ne marche pas ? Si. C'est que… il me rappelle des mauvais souvenirs. Il y a eu mort d'enfant. Le regard du vendeur qui hésite à appeler la sécurité.

Alex laisse défiler les images tandis qu'il revient à l'appartement. L'alcool le rend passif et sentimental. Il se demande si, un jour, en repensant aux moments qu'il est en train de vivre, il sourira. Il y a peu de chance. Certains souvenirs sont faits pour être enfouis loin – mais leur tranchant blesse quelquefois des années plus tard. Alex doit fournir un véritable effort pour atteindre son étage. Il se répète qu'il lui faut se vider la tête. Laisser venir à lui des images agréables – un pré dans lequel on se roule, un lac au lever du soleil, un bébé qui sourit, non, non, non, surtout pas le bébé qui sourit – et accepter d'être bercé par le doré, l'argenté, l'arc-en-ciel.

Un coup au cœur.

Il y a quelqu'un devant la porte de l'appartement. Une silhouette assise dans l'obscurité. Alex s'arrête net. Il sent ses tempes qui tambourinent. Il met quelques instants à reconnaître sa mère, endormie comme ça, la tête contre le mur. Catherine, dans un jean qui la boudine un peu trop – des ballerines improbables aux pieds, un gilet inapproprié, des cheveux ternes, une peau qui commence à se friper. Alex n'a jamais été si heureux de la voir.

Elle racontera, Catherine.

Une fois qu'ils seront rentrés bras dessus bras dessous, qu'ils auront rangé le désordre culinaire dans l'appartement, qu'ils auront sagement placé le PC dans un coin. Il sera quatre heures du matin et ils seront sur le canapé. Elle racontera d'abord son arrivée, alors qu'ils venaient tous de partir au commissariat ; le récit des événements par le planton de service ; la sensation d'inutilité et de précarité. Les années qui remontent, toutes ces années auprès de lui, la varicelle, la grippe, les bronchites, les emportements, les ras-le-bol, les crises de nerfs, l'impression de ne plus être soi et, sur l'autre plateau de la balance, le câlin du matin, le dimanche à traîner en pyjama et à regarder les dessins animés, les mains l'une dans l'autre pour traverser la rue, la voix et le rire – tout cela s'équilibre, mais il s'en faut d'un cheveu, tu sais, il s'en faut d'un cheveu pour que l'un des plateaux ne cède. Parfois, la violence que tu sens monter en toi te fait tellement peur.

Elle racontera ça, Catherine.

Elle parlera de tout ce dont elle n'a pas parlé auparavant, du sentiment intense de solitude, le soir, quand tu es une mère célibataire et que personne, jamais, ne t'admire ni ne t'invite. Elle dira les aventures écourtées, les rendez-vous manqués, les rides.

Alex fermera les yeux, et elle continuera – ses mots seront devenus des murmures, des ruisseaux, et Alex oubliera tout, momentanément. Il se réveillera dans son lit à plus de midi. Catherine aura préparé un petit déjeuner et même anticipé une salade de riz pour un repas à venir. Elle aura laissé un mot – Bastien a téléphoné. Il te propose une colocation. C'est à ce moment-là que les larmes d'Alex viendront. Et il ne saura jamais si elles expriment de la tristesse, de la joie, du soulagement ou du dépit.

X

Je me demande ce que je fais là, mais je crois que je ne suis pas le seul.

Je me demande bien ce que je fais là, mais cela me ferait presque rire.

Je regarde la clairière, l'étang, le sentier qui monte en haut de la colline.

En réalité, je ne devrais pas être là – je suis, attendez, je cherche un adjectif, *incongru* – c'est ça, *incongru*.

Je suis souvent *incongru* et on me trouve souvent dans des lieux qui semblent étonnants, pour un garagiste. Au cinéma, par exemple. Ou devant un jeu de go. J'ai toujours aimé le jeu de go. Le noir, le blanc. La stratégie à long terme. À la maison, je suis rarement où on m'imaginerait être : devant la télé, dans une pièce transformée en bureau ou sous le capot d'une voiture. Je sais très bien faire la distinction entre le travail et la vie privée. C'est un grand avantage, quand on est commerçant. Toute la journée, je cherche les pannes, je plonge dans les entrailles des bagnoles, j'établis des diagnostics et ensuite des factures. Mais, à dix-neuf heures, quand je rentre, je laisse tout derrière moi. Agnès, ma femme, a essayé dans les premiers temps de me parler du boulot pendant le dîner ou de revenir sur certaines réparations. Elle a vite compris que c'était hors de question. Elle a épousé mon rythme. Je lui en sais gré. Je sais que, parfois, elle est obligée de se retenir, elle voudrait parler fournisseurs ou comptabilité. Mais elle s'abstient. C'est moins difficile depuis qu'Émile est arrivé. Nous avons un sujet de conversation tout trouvé.

Le cinéma, j'y vais seul. J'aimerais qu'Agnès m'y accompagne, mais elle n'a pas, comme moi, le frisson au moment où les lumières s'éteignent et où le générique commence à défiler sur l'écran. J'ai toujours été fasciné par le cinéma. Par l'idée d'ouvrir une parenthèse de deux heures au cours de laquelle je ne vais plus penser à rien d'autre qu'à ce qui se passe devant moi, et qui n'est pas ma vie. On m'a parfois demandé si c'était pareil, avec les livres. Je voudrais bien répondre que oui, mais en fait non. Les livres, ils ne m'enveloppent pas assez. Ils ne me prennent pas assez en otage. Je décroche, régulièrement, quand il m'arrive de lire. Je regarde ma montre, ou une fissure dans le mur, je dérive. Au cinéma, jamais. Au cinéma, je suis une statue de sel et je me dissous. Je lis peu. Parfois un thriller, l'été. Le genre de choses que je n'irais jamais voir au cinéma. Au cinéma, j'évite tout ce qui peut ressembler à du policier ou à de l'action – ça, je pourrais le trouver à la télévision, si je la regardais. Jamais de science-fiction non plus, je n'en vois pas l'intérêt. Non, ce qui m'attire, ce sont les films qui racontent les vies que j'aurais pu mener, si j'avais pris une voie différente.

Cependant, il ne faudrait pas croire que je sois frustré. J'aime mon métier, je l'ai choisi, j'ai repris l'affaire de mon père, que j'aimais beaucoup – simplement, je ne suis pas monochrome. J'aime les voitures et les films, les mains dans le cambouis et la tête dans l'écran. C'est comme ça. Auparavant, aller au cinéma seul, ça me rendait presque coupable – je me demandais ce qu'allait faire Agnès sans moi, si elle allait s'ennuyer. Depuis la naissance d'Émile, tout est plus fluide. Une fois par semaine, je vais au cinéma et Agnès garde notre fils. Notre fils inespéré.

Nous avons mis du temps à avoir Émile. Cinq ans. Cinq ans à soupçonner l'autre, à mettre en doute les fondements du couple et à disséquer toutes nos pensées, chacun de notre côté, et parfois ensemble. Les examens étaient bons. Il s'agissait d'un blocage psychologique, peut-être qu'inconsciemment nous n'avions pas envie de faire un bébé ensemble, c'est ce qu'on nous a suggéré en tout cas – pas avec ces mots-là, bien sûr, mais avec ce ton doucereux qui me rappelait les guimauves dont raffolait ma grand-mère. Alors, évidemment, quand, un jour, il y a plus de quatre ans maintenant, le test s'est révélé positif, c'était indescriptible. Nous avions renoncé. Depuis quelques mois. Nous commencions à parler d'adoption. Nous tâchions de faire une croix sur la naissance et de garder notre couple à flot. Et là, d'un coup, la tache de couleur sur le morceau de plastique. Confirmé par la prise de sang. Même notre médecin était au bord des larmes. Les médecins, souvent, ça n'a que des mauvaises nouvelles à annoncer et, pour une fois qu'il n'avait pas à se blinder pour évoquer le pire, toutes ses barrières sont tombées. On aurait cru que c'était lui qui allait devenir père.

Je suis beaucoup allé au cinéma pendant la grossesse – Agnès n'avait pas besoin de moi. Elle caressait son ventre toute la journée et elle souriait. Évidemment, à la naissance d'Émile, cela s'est amplifié. Elle ne venait presque plus au garage. Elle passait ses journées à gober notre fils des yeux. Elle n'en revenait pas. Je pressentais l'enfermement. L'étouffement. Je la forçais à sortir. Ma mère a gardé Émile une paire de fois, mais, dans une autre chambre que la sienne, il était infernal. Nous avons pris une baby-sitter. Puis une autre, l'année suivante. Elles ne restaient pas longtemps. Elles prétextaient des changements dans leur vie privée, en fait, elles en avaient simplement assez. Émile n'était pas un bébé facile. En voyant l'annonce dans la boulangerie, je me suis dit qu'avec un homme, ça serait peut-être différent. Alors Alex est venu garder Émile. Cela n'a pas été de tout repos pour lui non plus mais, comparé aux autres, il s'en est plutôt bien tiré. Il est revenu. Et il y a eu les quarante ans d'Isabelle. Il s'est passé ce qui s'est passé. Notre vie a changé.

Changé, oui.

Après cette nuit-là, nous avons traversé une zone de gros temps. Agnès, déjà anxieuse, est devenue totalement angoissée. Elle restait aux aguets vingt-quatre heures sur vingt-quatre, l'oreille tendue toute la nuit jusqu'à ce qu'elle s'écroule au petit matin – au moment même où notre fils avait le plus besoin de nous. Cela a duré trois, quatre mois. Émile ne pouvait plus faire un pas. Elle répétait « attention ! » tout le temps. Elle devançait tous ses désirs. Il ne faudrait pas croire que je la blâme. Je n'étais pas mieux. Depuis la sortie de l'hôpital, je le surveillais constamment. La marche, le gravier, le toboggan, la chaise de la cuisine, tout était source d'inquiétude. Il a fallu que le pédiatre, un jour, se fâche. S'emporte comme sa secrétaire ne l'avait jamais vu s'emporter. Émile était en train de régresser. Il désapprenait. Un cas très rare. Il ne savait plus faire une phrase. Il se déplaçait avec une nouvelle lenteur. Nous le transformions en bébé à vie. Je me souviens des mots du toubib, de sa tirade sur les gens qui luttaient pour rendre leur enfant trisomique le plus indépendant possible, des parents héroïques qui passaient leur temps à faire en sorte que leur progéniture puisse plus tard se passer d'eux, alors que vous, vous… Il n'a pas terminé sa phrase. Agnès était debout, très blanche, elle lui a serré la main, elle a dit « au revoir, docteur », et elle est sortie. Je l'ai suivie avec un temps de décalage.

Agnès a opéré sa révolution. En douceur, mais inexorablement. Le soir même, alors qu'elle n'avait pas dégoisé un mot de la journée, elle m'a appris que c'était elle qui allait au cinéma et que c'était mon tour de garder Émile. Je l'ai admirée. Oui, admirée. J'imaginais sa lutte interne. J'ai trouvé ça gonflé. En fait, elle ne faisait que retrouver son ancienne personnalité. Elle retrouvait cette détermination qui m'avait séduit chez elle, au début.

Évidemment, j'ai un peu moins ri par la suite, lorsqu'elle s'est mise à sortir régulièrement. Trois fois par semaine, presque un jour sur deux. Nous prenions une baby-sitter, mais rarement Alex, parce qu'il charriait trop de souvenirs difficiles. Ou bien je restais là. La troisième fois, nous amenions Émile chez ma belle-mère. Agnès a retrouvé ses anciennes amies. J'étais parfois de trop. Je faisais semblant de m'en offusquer mais, au fond, j'étais fier d'elle. Je me suis dit que nous étions passés tout à côté de la catastrophe, plusieurs fois, et que nous étions parvenus à redresser la barre. Grâce au pédiatre, bien sûr, mais aussi grâce à Alex. Parce qu'il avait sauvé Émile, évidemment. Et parce que, curieusement, ce sauvetage nous avait précipités dans une impasse où nous nous rendions à pas mesurés. Voilà. J'ai toujours beaucoup de tendresse et de gratitude pour Alex, et ce n'est pas la voiture que je lui ai offerte – une très bonne occasion tout de même, soit dit en passant – qui nous rendra quittes. C'est pour ça que je suis là, aujourd'hui. Sur le parking, en bas de cette colline que je vois de loin tous les jours, sans jamais l'avoir grimpée.

Agnès va nous rejoindre, plus tard. Elle vient voir Alex. Elle vient me voir, moi. Mais elle vient surtout voir Mélanie, la boulangère. C'est sa nouvelle amie. Elles se sont rapprochées, cet été. Mélanie avait des problèmes avec sa voiture. Elle a débarqué directement chez nous en rappelant qu'elle nous avait déjà rencontrés, chez Alex. Inutile de préciser dans quelles circonstances. J'étais occupé sous d'autres échappements. Mélanie et Agnès ont commencé à discuter. Agnès a préparé un café. Elles ont raconté par la suite que c'était comme une évidence. Une vraie fluidité. *On ne cherche jamais ce qu'on doit dire, ça vient naturel-*

lement. Je n'ai aucune animosité envers Mélanie. Je n'ai pas l'impression qu'elle me vole ma femme. Agnès a retrouvé un entrain et une joie de vivre que je croyais perdus. Émile va bien et grandit harmonieusement. Il fait maintenant des phrases de plus en plus complexes et gambade partout. Aujourd'hui, il est chez ma belle-mère. En fait, il n'y a que moi qui sois encore un peu bancal, dans cette affaire.

Je ne me suis pas encore réellement remis de tous les changements dans mon existence. De l'extérieur, je peux donner l'impression de me plier à tout et de m'adapter sans problème. Mais de l'intérieur, le chemin est plus long. Je sens qu'aujourd'hui c'est une étape de plus à franchir. À franchir pour m'affranchir. Même si, aujourd'hui, je ne suis pas là pour moi. Et que ceux qui vont arriver ne sont pas là pour moi non plus. Nous sommes là pour Alex. Parce que c'était impossible de rester sur le souvenir de la dernière soirée, le poste de police, le cadavre de l'enfant, il fallait quelque chose pour l'effacer, au moins en partie. C'est comme ça que j'ai compris l'invitation.

C'est Marc qui m'a appelé. Je ne le connais pas bien. Il est prof, il me semble. Et en dépression. Ou en convalescence de dépression, je ne sais pas exactement. Néanmoins, il avait l'air bien, au téléphone. Beaucoup mieux que la dernière fois que je l'avais vu, à la soirée, chez Alex. Mais, bon, nous étions tous au pire de nous-mêmes. En tout cas, l'autre soir, il a exposé très clairement ce qu'il voulait faire, pourquoi, et ce qu'il attendait de nous. J'ai dit oui tout de suite, bien sûr. Et le mieux, c'est que cela ne me paraissait pas si *incongru* que ça. Quand j'en ai parlé à Agnès, elle a ri, elle a ajouté que c'était vraiment une idée de merde, mais que, justement pour ça, elle avait envie de la voir aboutir.

Maintenant, je les attends. Il est quatorze heures quinze. Nous avons rendez-vous dans un quart d'heure. Je mets ma main en visière et regarde le paysage, en contrebas. Les champs, les vignobles et, au fond, la ville où nous habitons tous, avec sa cathédrale à une seule tour et son château d'eau d'un bleu clair dérangeant. Le soleil de septembre éclaire la plaine. Il y a tellement de beauté.

Je regarde ces cinq adultes dans la clairière et je n'en reviens pas. Il y a encore un ou deux ans, les adultes évoluaient dans un monde à part, que je n'étais pas pressé de rejoindre, même si j'étais conscient que cela me pendait au nez. Le monde de mes parents, fait de toutes petites choses, de lingettes dépoussiérantes en promotion et de repas hebdomadaires à la cafétéria de l'hypermarché. Un monde radin. Un monde d'économies et de placements parcimonieux. Un pavillon payé sur vingt ans qu'on embellit, le week-end – c'est-à-dire qu'on surcharge, jusqu'à ce que plus aucune pièce ne respire.

Je suis un fils de vieux. Mes parents m'ont eu à presque quarante ans. J'ai une sœur qui a dix ans de plus que moi. J'ai vécu longtemps seul avec eux. Vivre dans un appartement, sans leur regard interrogateur constamment posé sur moi, a été une vraie libération. J'adore ma vie d'étudiant. Je vais de fête en fête, de promesse en parjure, de cours en cours, de fille en fille. Je vis pleinement ces années-là, je ne veux avoir ni remords ni regrets.

C'est très loin de ce que vit Alex. Très loin de cette incertitude, de cette valse hésitation qui lui fait souvent faire du surplace. Je lui répète de foncer, de ne se poser les questions qu'après, et tant pis si tu as causé des dégâts, on ne fait pas d'omelette sans casser des œufs. Un jour, il m'a simplement répondu qu'il n'aimait pas beaucoup les proverbes et les expressions toutes faites. Sinon, il rit de mes simplifications et de mes phrases à l'emporte-pièce.

C'est mon meilleur ami.

De ça non plus, je n'en reviens pas. Je ne sais pas exactement comment c'est arrivé. Nous nous connaissons depuis longtemps. Nous avons fait partie de la même équipe de basket, au collège. Mais nous n'avons jamais été proches. Au lycée, j'allais de groupe en groupe et de bras en bras, tandis qu'il se tenait un peu à l'écart. Il avait du succès auprès de la gent féminine, il ne faut pas croire. Les filles aiment bien les timides, les incertains – elles les casent dans le tiroir « poètes romantiques », et elles se persuadent toutes seules qu'ils sont les mieux à même de comprendre leurs atermoiements. Nous nous croisions. C'est de cette année que date l'attachement. De nous retrouver à la fac, ensemble. Un peu isolés, parce que nous ne sommes pas d'ici. Une fraternité forcée. Puis il y a eu cette histoire avec Marion. J'étais amoureux de Marion. Comme un fou. Personne ne le savait. Je me la gardais pour plus tard. Elle était mon talisman. J'étais persuadé que, le temps des tumultes passé, nous nous retrouverions – disons à l'aube de la trentaine – prêts à commencer ensemble une histoire sérieuse, une union, des enfants, nous rentrerions ensemble dans le monde des adultes.

Alors, bien sûr, j'ai été jaloux d'Alex. Un peu – et pas longtemps. D'abord, parce que j'ai vite compris que ça n'allait pas coller entre eux, on ne forme pas un couple sur des antagonismes ; et parce qu'on ne peut pas être jaloux d'Alex. Tout simplement parce que c'est quelqu'un qui n'est pas dans la concurrence. Bon, OK, j'ai quand même été content qu'ils rompent, mais, curieusement, leur rupture m'a plus rapproché d'Alex que de Marion. Marion est partie dans un drôle de trip avec ce mec bourré de thunes, ça m'a déçu, et puis, je ne sais pas, auparavant, quand je la rencontrais, il y avait de la magie et maintenant, il n'y a plus que de la cendre. Je suis en train de faire une croix sur mes fantasmes adolescents. Je vieillis, ça doit être ça.

Avec Alex, c'est venu petit à petit. Il y a eu des soirées, des balades en voiture, sans but, et des cafés tard dans la nuit. Il y a eu des silences de moins en moins tendus, ponctués de conversations à bâtons rompus – j'ai appris des tas de choses sur lui, sa mère, le retour de son père, son impression d'être entre deux mondes, son malaise. Je me suis surpris un soir à lui parler de peinture. Je ne parle jamais de ça. Il n'y a rien que je déteste plus au monde que les gens qui prétendent avoir un jardin secret et qui en parlent à tort et à travers, jusqu'à ce que le secret devienne de Polichinelle. Il les avait vus, les tableaux, le jour du déménagement. Je lui avais interdit de faire quelque commentaire que ce soit. Il a eu le tact d'obéir. Ce soir-là, je lui avais raconté comment je pouvais rester longtemps à imaginer la toile avant de commencer, comment je pouvais passer des heures à la peupler jusqu'au point où j'avais l'impression d'avoir pénétré un monde parallèle. N'importe qui n'aurait vu qu'une toile vierge là où je voyais les formes rouges, noires et jaunes se promener, se mouvoir. De ça, il est jaloux, Alex. De la capacité à s'exprimer, d'une façon ou d'une autre. Il appelle ça d'un mot que je refuse – *le don* – parce que je ne suis pas sûr de savoir ce que c'est, et qu'on ne parle de don que lorsque le résultat est vraiment bon ; or je n'ai aucune idée de la valeur de mes tableaux. Ils n'ont probablement aucun intérêt.

Alex pense la même chose de lui-même. Qu'il n'a aucun intérêt. Qu'il ne sert à rien.

C'est moi qui lui ai fait remarquer que, mine de rien, il reliait entre eux des gens qui n'auraient jamais dû se rencontrer. Qu'il créait des fils ténus, mais réels, et que ces fils permettaient aux autres de se sentir mieux. Plus encore, il créait un passage. Une route qui serpentait des moins de vingt ans aux plus de trente, quarante, cinquante ans. Au lieu de faire sentir le fossé, il construisait des ponts, tranquillement, placidement, des ponts grâce auxquels les âges pouvaient se rejoindre. Il a éclaté de rire. Il m'a répondu qu'il fallait que j'arrête de fumer.

Mais je savais qu'il était touché. J'ai ajouté que c'était précieux, les gens comme lui. Qu'on n'en rencontrait pas souvent dans la vie. Et qu'il m'était précieux, en tout cas, à moi. Il a rougi, il a hoché la tête et il m'a regardé en face en murmurant : « OK. » C'est tout Alex, ça. Un mélange de timidité et de témérité. Un mec qui tremble, mais qui n'a pas froid aux yeux. Moi non plus, je n'ai pas froid aux yeux. Je fonce dans les situations dangereuses, elles m'attirent presque. Mais je ne sais pas trembler. À part avec un pinceau au bout des doigts. Là, parfois, je frémis tellement que je suis incapable de me lancer – je voudrais suivre les évolutions des formes sur la toile, mais elles vont trop vite et la tête me tourne.

En ce moment, je voudrais peindre. Je le sens jusque dans les muscles de mes bras et dans les articulations de mes doigts. Je le sens, mais je suis impuissant. Les rares fois où je me suis assis devant le chevalet, je me suis laissé entraîner dans la contemplation. J'observais les révolutions, les guerres, les rapprochements et les copulations qui se déroulaient sur le tableau vierge, et je me sentais incapable de les figer. Et surtout, je ne le désirais pas. Ce qui se déroulait devant mes yeux était bien trop beau, bien trop flamboyant, je ne pouvais pas être celui qui commet le sacrilège.

Par moments, au milieu du cortège de formes, j'entraperçois Mélanie. Elle marche, imperturbable. Elle traverse les flèches, les cibles, les trapèzes, les triangles et tous les cercles magiques. Elle avance droite, comme une femme africaine, une voyageuse débarrassée de ses bagages. Je suis conscient que je l'idéalise. Je suis conscient que, dans une autre réalité, elle est boulangère, commerçante, mère de famille. Qu'elle jure comme un charretier. Qu'elle peut être un puits d'inculture. Qu'elle peut être aussi terriblement chiante et pointilleuse, notamment sur l'hygiène et le ménage. De même que moi, je suis un étudiant caricatural, vaguement obsédé, attiré par la fête et les rythmes saccadés. Qui semble n'avoir qu'une centaine de mots à sa disposition. Qui confond « très » et « trop » et qui a du mal à citer cinq auteurs du

XXe siècle. Qui se demande comment on faisait avant le portable et l'Ipod. D'une superficialité agaçante.

Mais je sais que Mélanie est aussi cette femme blessée mais déterminée, cette boule de volonté et d'intuition, ce morceau de courage ambulant, qui comprend intimement toutes les situations, toutes les implications, tous les sous-entendus. Cette femme qui est capable d'écrire et de lire un discours à vous couper le souffle, un discours qui laisse la place à l'humour et à l'émotion, et qui semble aussi fluide que le sang. Cette femme qui, devant mes toiles, est restée silencieuse et immobile un long moment avant de dire : « Ce qui est bien, c'est le mouvement. Ce qui est dommage, c'est de le figer, le mouvement. » J'en suis resté bouche bée.

Nous faisons l'amour avidement. Nous nous retrouvons dans n'importe quel endroit, à n'importe quelle heure. Nos seules limites sont les horaires et les activités de ses enfants. Lorsque je pénètre dans la boutique désormais, je ne peux m'empêcher de sourire en jetant un coup d'œil à tous ces recoins qui nous ont vus nus. Et actifs. Terriblement actifs. Mélanie s'abandonne comme si sa vie en dépendait. Parfois, j'ai peur de l'après. Parce qu'il y aura un après. Une confirmation ou une rupture. Je n'ai pas peur pour elle – elle est bien plus forte que moi, et ses enfants forment une ligne de conduite à laquelle elle ne dérogera jamais. J'ai peur pour moi. J'ai peur du vide. J'ai peur qu'il ne m'aspire.

Nous commençons l'ascension.

Alex ne comprend toujours pas ce qu'il fait ici, au pied de cette colline, à quinze kilomètres de la ville où nous habitons. Personne ne le lui a expliqué clairement. Il nous regarde, les uns après les autres, il hésite entre le rire et l'inquiétude. Alex n'aime pas les surprises. Je l'ai tout de suite dit à Marc lorsqu'il a appelé, mais Marc n'a pas fait marche arrière. Il a simplement répondu que, cette fois, il apprécierait. Il a ajouté que c'était moi qui étais à l'origine de tout ça. Je n'ai pas discuté. Marc m'intrigue, mais je le tiens à distance. J'ai su par indiscrétion qu'il n'avait pas été bien l'an dernier. Les dépressifs et ceux ont qui des problèmes psychiques ou psychiatriques m'attirent, mais ils me font peur aussi. Je crois que je les reconnais. Je suis persuadé qu'un jour, je passerai par où ils passent. Pour l'instant, je refuse. Je veux être léger. Je veux être jeune. Je veux courir. Je veux dévaler. Je veux penser à Mélanie, qui se retourne et me fait un clin d'œil. Elle sourit. Elle est radieuse.

Je l'aime bien, le gamin. Les deux gamins. Bastien et Alex. C'est curieux, si on m'avait dit, lorsque j'avais leur âge, que, plus tard, je m'attaquerais aux plus jeunes, je ne l'aurais jamais cru. L'attirance pour la chair fraîche, c'était un truc de mecs. Sauf que, maintenant, c'est la parité. À moins que je ne sois un mec. Je gère ma vie comme un homme. La boutique, je l'ai reprise avec Yvan, et elle tourne bien. Même mieux qu'auparavant. On se demande juste combien de temps ça tiendra. Pour l'instant, il n'a pas de copine attitrée ; mais ça viendra, et elle voudra sûrement qu'ils ouvrent un commerce, tous les deux. Bien sûr, ça m'inquiète un peu, mais si je devais m'attarder sur tous les sujets qui sont censés m'inquiéter, je n'en finirais pas, alors basta, je prends ce qu'il y a à prendre aujourd'hui, et c'est tout. Ma seule vraie préoccupation, ce sont mes mômes à moi. Mais va faire comprendre ça à un grand dadais de vingt ans. Enfin, Alex comprend peut-être. Bastien, sûrement pas. Pas grave. Ce n'est pas ce que je lui demande. Ce que je lui demande, c'est d'être là quand j'ai besoin de lui et d'égayer mes soirées, ou mes moments de solitude. Lui aussi, il trouvera quelqu'un d'autre, plus tard, et le tour sera joué. Je suis une femme faite pour être quittée. Au fond, maintenant, je m'en fous un peu. J'ai traversé tellement d'états cette année, que j'en ai perdu toutes mes illusions. Ou plutôt, je me suis rendu compte que je n'en avais pas, d'illusions. Je continue ma vie, au jugé, et en faisant bien attention de ne tomber ni dans la misère ni dans l'emprisonnement. Une femme indépendante. C'est ce qu'on dit, je crois. Une femme libre qui se tape des petits jeunes et qui les trouve touchants. C'est curieux, quand j'y pense – j'ai effectivement couché avec les deux. J'ai été franche, je le leur ai avoué. Alex n'a pas été choqué. Bastien a carrément été surpris, mais bon, il n'en a pas fait tout un foin. C'est ça qui est bien, chez les jeunes : l'absence de foin. Lorsque j'avais leur âge, j'étais déjà avec mon futur mari. Nous allions en boîte de nuit. Nous tirions des plans sur la comète. Nous établissions des échéanciers. Nous rêvions de vendre des petits pains le dimanche. Comme quoi faut être vraiment con. J'ai envoyé bouler le fils Tarandon, finalement. Depuis, il me voue une haine éternelle. Il m'a promis une concurrence tellement déloyale que ma boutique sera obligée de fermer. J'ai haussé les épaules. Les mecs, parfois, c'est vraiment pitoyable. Mon ex en a eu vent et il m'a téléphoné. Il était fier de moi. J'ai répondu que je ne voyais pas de quoi. Ensuite la conversation au téléphone a dérivé un peu. Il a commencé à me raconter qu'il s'ennuyait de temps en temps avec sa nouvelle grue. La différence d'âge. Je l'ai arrêté tout de suite. Je ne mange pas de ce pain-là. Il a demandé : « Quel pain ? – Le pain rassis. Celui des ex qui ont la nostalgie et proposent de se revoir et de tirer un petit coup, l'air de rien. » Il a raccroché. Je sais bien me mettre les mecs à dos. Je sais également bien les allonger. Quand j'y pense, les gens doivent avoir une drôle d'idée de moi. La pute de base. La mère maquerelle. Ils ne peuvent pas savoir à quel point c'est loin de la vérité. Toutes ces années de mariage où nous nous touchions à peine, Laurent et moi, parce qu'il fallait qu'on se lève à quatre heures du matin pour la boulangerie. Je n'ai jamais réussi à me rendormir une fois qu'il était levé, mon mec. Je me retournais dans mon lit en dressant des listes de ce que je devais faire dans la journée, puis je renonçais – je me levais à mon tour. Quand il fallait réveiller les monstres, j'avais déjà deux heures dans les pattes. Je croyais que je ne ferais pas de vieux os, avec ce rythme-là, et ça ne me troublait pas plus que ça. Je me disais qu'on devait bien mourir à un moment ou à un autre, pourquoi pas dans un avenir proche. Tout ce que je demandais, c'est que ce soit violent et court. C'est là que je me rends compte que je n'allais pas bien. Parce que, aujourd'hui, je ne suis plus indifférente du tout. Je n'ai pas envie de mourir. J'ai envie de prolonger. Je veux être la douairière des boulangères, la plus vioque de toutes les vioques, la centenaire entourée de son harem de petits jeunes de quatre-vingts ans pour lui tenir compagnie. Je veux profiter de chaque instant, comme de celui-ci, dans la forêt, les bruits, les odeurs, tout un monde que je ne connais pas. Je suis une gamine de la ville, même si j'ai des allures de péquenaude. Je ne me souviens pas de la dernière fois que j'ai fait une marche en forêt. Avec mes parents, parfois, on allait au lac le dimanche, mais on restait bien sur la plage principale, pas très loin des pédalos et du marchand de glaces, au milieu des relents de crème solaire et des cris des ados qui se flanquaient à l'eau. S'enfoncer dans un bois, suivre un sentier, très peu pour nous. Nous n'aurions pas su quoi faire de toute cette végétation. Je la vois bien, la différence. L'autre, là, le prof dépressif, il hume les arbres comme si sa vie en dépendait. La Russe, pareil, elle porte des chaussures de marche qui lui tiennent bien le mollet, même si ici, c'est ni la toundra ni les monts Pétaouchnok, juste une colline à l'extérieur de la ville. Ils ont été habitués, eux. Je ne suis pas jalouse. Pas du tout. Je ne voudrais pour rien au monde être à la place d'une femme qui suit les mutations de son mari, et encore moins d'un mec qui se laisse submerger. Je dis simplement qu'on n'est pas du même monde. Je ne sais pas si je serai toujours du même monde que Bastien. Je ne le suis peut-être pas, d'ailleurs. Je n'ai jamais fait d'études, moi. Pas les capacités, sans doute, et surtout pas le fric pour glander. Alex, c'est autre chose. Alex, il est toujours tiraillé. Il veut être jeune et adulte, ouvrier et intellectuel. Il n'arrive pas à choisir. D'ailleurs, même pour écrire, il ne sait pas quelle main prendre. C'est sûrement pour ça qu'il est ambidextre. Il a couché avec moi, avec sa copine, mais en même temps, il aurait bien aimé se faire la Russe. Et peut-être même le prof ou son pote Bastien, va savoir. Il est trop en offrande, Alex. C'est ça, son problème. Il cède vite. Il est d'accord. Il attend de savoir où ça va le mener. En même temps, je ne sais pas si c'est vraiment un problème. Parce que, pour l'instant, ça le mène ici. Ici où il est le centre d'intérêt de cinq personnes très différentes. C'est déjà énorme. Alors que moi, avec ma langue bien pendue, mes jugements à l'emporte-pièce et mes certitudes, je me suis retrouvée cette année le bec dans l'eau de la solitude. C'est Alex qui m'a remise dans le bain. Aujourd'hui, je nage en imitant ses mouvements. J'ondule entre les amitiés improbables – les deux gamins et Agnès, mine de rien. Parce que Agnès, c'est une évidence. C'est la présence féminine qui me manque dans ma vie de mec.

En même temps, quand je les regarde tous, là, en train de monter tranquillement au sommet de la colline, suivant le sentier qui serpente dans les sous-bois, je me dis que c'est grâce à moi, tout ça. Parce que sans moi, Alex ne les aurait pas rencontrés, les autres. C'est moi qui lui ai mis le pied à l'étrier. Et pas que le pied. Je suis fière de plusieurs choses dans ma vie. Je suis fière de mes enfants, ça, on ne me l'enlèvera pas. Je suis fière d'avoir eu mon bac, alors que tout le monde me répétait que je n'étais bonne à rien. Je suis fière d'avoir gagné un trophée au concours de gymnastique de Tournai, en Belgique, quand j'avais onze ans. Je suis fière d'avoir envoyé bouler le fils Tarandon et de mener ma barque toute seule. Je suis fière de servir de modèle à Agnès. Et je suis fière d'avoir pris Alex sous le bras. De l'avoir aidé à devenir ce qu'il est maintenant, ou plutôt de l'avoir aidé à se révéler, parce qu'il était déjà comme ça, au fond. Voilà. C'est pour ça que je suis heureuse de suivre ce chemin, aujourd'hui. Consciencieusement. Les mains derrière le dos. En inspirant et en soufflant bien, comme l'avaient expliqué les monos, quand j'étais aux Houches en colo, un été. Doucement. Sûrement. J'atteindrai la cime sans être fatiguée. Pas comme la Russe, là, qui change de rythme toutes les deux minutes. Elle va finir claquée. Tant pis pour elle.

Je monte. Je descends. Un mot pour l'un. Un regard pour l'autre. Et toujours cette nervosité. Je m'agace lorsque je suis comme ça, mais je suis souvent comme ça quand je suis au milieu des autres, quand je sors de ma sphère, quand je ne sais pas quel rôle je suis censée tenir, quand j'ignore où est ma place. À la maison, je sais. Je suis une mère. Je suis une épouse. J'ai des tâches à accomplir. Une lessive à étendre. Un dîner à préparer. Des leçons à faire réviser. Voilà. Là, c'est bien. Au boulot, aussi, quand j'en ai un. Des tâches à effectuer. Une langue à enseigner ou une lettre à taper – même combat. Je m'oublie. Je passe mon temps à m'oublier. Je devine que ce n'est pas l'idéal, mais c'est mon mode de fonctionnement, et mon mode de fonctionnement est peu à peu devenu mon enveloppe, puis ma peau, puis mon essence même. Je suis persuadée que c'est la même chose pour tout le monde. Au bout d'un moment, on devient ce que l'on fait, et ce que l'on est disparaît derrière les travaux qu'on mène à bien. Ici, dans cette montée qui n'en finit pas, je ne retrouve plus mes repères. Mes repères, ils sont loin. Ils sont à plus de deux cent cinquante kilomètres d'ici, dans cette nouvelle ville où je m'invente de nouvelles habitudes. C'est moi qui ai insisté pour que Gilles accepte sa mutation. Il n'était pas très chaud. Il dit qu'il en a marre de déménager tous les trois ou quatre ans. Que ce n'est pas bien pour la stabilité des enfants. Et pour la mienne. Il ne se rend pas encore compte, je crois, que c'est moi qui manœuvre en sourdine pour que la famille bouge de nouveau.

C'est la quatrième fois que nous déménageons. Jusque-là, la situation de Gilles était une excuse idéale. Chaque fois, il montait en grade. Il prenait du galon et des responsabilités. Maintenant, c'est beaucoup moins clair. Il faut que je fasse gaffe le prochain coup, sinon il va se poser des questions. C'est pareil avec le boulot. Je ne tiens pas en place. Je prends un travail, je le garde quelques mois, puis je le lâche. Je m'arrange souvent pour ne signer que des contrats à durée déterminée, et quand il est question de CDI, je décline l'offre et je prétends ensuite que l'entreprise n'avait plus besoin de mes services. J'insiste pour qu'on ne me plaigne pas. J'ai un mari qui gagne suffisamment pour deux, et j'accumule les expériences. Mon CV est confus, mais original. Je suis polyvalente. Je ne m'attache à rien.

Le voici, mon problème : l'attache, les attaches, les liens, les cordes. Je suis sans cesse en train de me lier et de me libérer, de m'astreindre et de me dénouer.

Cette fois-ci, je l'ai échappé belle.

Nous venions de Bretagne. Quelques années à Rennes. Louis est né là-bas. Je passais mes journées à m'occuper de lui et de sa sœur. Cela ne me pesait pas.

J'allais tous les jours au parc, à quelques encablures de la maison. Je parlais aux mères du quartier. Nous comparions les évolutions, nous échangions nos impressions – ainsi que les prix des jouets, des tétines et de la lingerie dans les différents magasins. C'était une conversation inutile et superficielle, totalement reposante. Aude est entrée à pas de loup dans ma vie. Je n'ai pas fait attention. Je n'ai pas remarqué tout de suite non plus que nous avions glissé vers les confidences, vers les frustrations, les désirs inassouvis, les rêves que nous gardions pour plus tard. Quand je me suis rendu compte de l'importance qu'elle avait prise dans mon existence et que je me suis retournée pour jeter un coup d'œil à mes consœurs, ces autres mères que je croisais dans les allées et avec lesquelles je m'entretenais sur les bancs, il était trop tard. Elles étaient déjà loin. Aude et moi avions créé une sphère d'intimité. Nous étions devenues les meilleures amies du monde. Elle me manquait lorsqu'elle n'était pas là. C'est lorsque j'ai compris ce manque et que j'ai anticipé la souffrance qui pouvait en découler que j'ai pris les devants et que j'ai aidé mon mari à développer ses projets – ses projets qui incluaient encore plus de responsabilités, toute une région sous ses ordres, et surtout un déménagement. Un nouvel environnement, une remise à zéro des compteurs. Aucune entrave.

Avec le recul, c'est moins mon attachement à Aude que ma trouille de cet attachement qui était en cause. Je me suis détachée sans trop de problèmes – j'étais beaucoup moins impliquée que je ne le croyais. Cela m'a même valu un pincement au cœur. J'aurais pu rester un peu plus dans ce coin de France plutôt que de me retrouver dans cette région crayeuse et souvent morne. Mais c'était excitant, comme chaque fois, de tout reprendre depuis le début. Je suis une pionnière à répétition. Je refais ma vie régulièrement. Je sais à quoi c'est dû, bien sûr. Tout revient à ce soir-là. J'ai huit ans. Mes parents et moi, nous habitons la plus grande ville d'un des plus grands pays du monde. Du jour au lendemain, nous sommes obligés de plier bagage dans l'urgence et dans l'angoisse. La peur chevillée au corps. Je ne comprends rien. La seule chose que je capte, c'est que je ne reverrai jamais mon père. Et qu'on ne saura rien. Rien de rien. Ni les raisons de son assassinat, ni même si c'est réellement un assassinat. Ni même s'il est réellement mort ou s'il croupit dans une prison et qu'il se morfond à m'attendre. Ni même s'il m'attend vraiment. Si ça se trouve, il est juste parti avec une autre. Ou rejoindre une deuxième vie. J'ai souvent imaginé qu'il avait une double existence et que, le moment du choix venu, il avait opté pour son autre famille. Peut-être parce qu'il avait là des fils et que je n'étais qu'une fille. Je suis grande maintenant. J'ai trente-huit ans depuis peu. Je suis capable de discernement. Pourtant, je me la raconte encore, parfois, cette histoire-là. Simplement parce qu'il ne peut pas avoir disparu comme ça, pour rien, sans qu'aucune explication soit avancée. Alors, je m'en avance, des explications. Et je n'arrive pas à croire que je ne le retrouverai pas, un jour, au détour d'une rue. Je suis sûre que je le reconnaîtrai du premier coup d'œil, alors même que je ne me souviens plus de son visage. C'est idiot, je sais. En attendant, je déménage. Je ne tiens pas en place.

Personne ne peut deviner à quel point je suis pessimiste. À quel point je dois me complaire dans l'immédiateté et la surface, si je veux garder la tête hors de l'eau. Bien sûr, il faudrait que je plonge, comme Marc. Il faudrait que je me rende dans un cabinet toutes les semaines et que je déballe mes tripes. Je n'en ai aucune envie. Je crois simplement qu'il est trop tard, que le mal est fait et que, lorsque les plaies seront cautérisées, le temps aura tellement passé que je serai vieille, une vieille dame amère qui sera passée à côté de sa vie.

Lorsque j'ai rencontré mon mari, j'ai cru qu'il serait ma pierre de touche, mon ancre, mon amarre. Je le lui ai avoué. Il en a été profondément remué. Il m'a demandé si je voulais des enfants. Des enfants, bien sûr que j'en voulais. Je pensais même que ce serait la seule cure possible. Quand on a souffert du mensonge et de l'abandon, on a envie de faire le bien et de recréer une cellule dont on s'occupe à temps presque plein, en les protégeant, quitte à les couver trop, non ? Non ?

C'est ce que je croyais, en fait. Que mon mari et mes enfants me sauveraient. Cela ne s'est pas exactement déroulé comme ça.

Tant pis.

C'est ce que je me dis maintenant, après des années de doute. Tant pis. Cela viendra peut-être un jour, peut-être pas. En attendant, je donne le change. Je fais mine. J'y parviens avec succès. Tous ceux qui me rencontrent me voient comme une mère aimante et rieuse, un peu débordée mais prenant tout avec du recul et une légèreté rafraîchissante. Je rappelle à toutes les femmes que oui, la plupart du temps maintenant, être mère, nous l'avons désiré, et que ce n'est pas la fin du monde non plus, au contraire, c'est le début d'une nouvelle ère pour nous. Et mes compagnonnes d'infortune me regardent toutes avec admiration et jalousie. Personne ne m'a percée à jour. Personne d'autre que ma fille aînée, qui se tient un peu à l'écart et me voit jouer la comédie. Elle, elle sait. Elle sait les minuscules soupirs qui s'échappent de ma poitrine quand elle me réclame un câlin. Elle sait le manque d'intérêt, souvent – et les bâillements étouffés lorsqu'elle commence à me parler de ses rêves ou de ses pensées. Elle a remarqué que l'insouciance, parfois, pouvait flirter avec l'inconscience. Elle a bien vu que, le jour où je l'ai surprise assise sur la corniche du grenier, à huit mètres du sol, les jambes pendantes, en train de discuter avec sa meilleure amie, je suis restée très digne et j'ai fait preuve de beaucoup de sang-froid, tandis que l'autre mère tombait dans les pommes après avoir abondamment hurlé. Tout le monde a remercié le ciel que j'aie cette présence d'esprit de ne pas effrayer les enfants en attendant les pompiers. Personne ne s'est demandé si ce grand calme préfigurait une tempête des sentiments affectifs ou s'il n'était que la preuve extérieure d'une certaine indifférence. Personne, sauf Juliette. Elle s'est rendu compte, elle, que, par la suite, je ne me suis pas écroulée en pleurs, je ne me suis pas évanouie comme une héroïne romantique, je n'ai pas eu de palpitations et je n'ai même pas eu recours aux somnifères.

Je regrette beaucoup que mes enfants ne soient pas parvenus à me faire sortir de ma bulle – je l'appelle ma bulle, parce que je la sens, autour de moi, je pourrais même la dessiner. Quand je songe à la matière dont elle est faite, j'imagine un plastique dur et épais, pas une de ces enveloppes molles prêtes à se désagréger à tout moment. J'ai vraiment cru que la maternité allait tout balayer, mais non. J'appartiens au monde qui m'entoure, mais il est très rare qu'il me touche réellement. Et quand c'est le cas, je prends les jambes de mon mari à mon cou et nous déménageons. Ce que nous venons de faire. Parce que là, vraiment, j'ai eu chaud.

Je ne me suis pas méfiée. J'ai rencontré Alex, une première fois, rapidement. Pour faire connaissance. Je l'avais contacté grâce à l'annonce, sur le comptoir de la boulangerie. Mélanie, elle, s'en portait garante. Je savais que j'avais besoin d'air. Que les enfants, et surtout le regard que portait Juliette sur moi, m'étouffaient. Je pourrais de temps à autre aller au cinéma avec mon mari – il est inoffensif, mon mari, maintenant. Il est tellement occupé par ses affaires qu'il n'a pas le temps de me parler, de venir fouiller dans mes sentiments et dans mes pensées secrètes. Et je pourrais me distraire. C'est ce que j'ai fait la première soirée, d'ailleurs. Gilles avait un repas d'affaires et moi, je suis allée à la fête d'anniversaire de cette femme que je connaissais à peine – nous échangions quelques phrases le soir, au moment d'aller chercher les enfants à l'école. J'avais dû lui dire que je ne connaissais pas grand monde. Elle m'a prise en pitié. Elle m'a invitée. Je me suis ennuyée à mourir.

Je ne suis pas rentrée tard, mais je savais que si je restais plus longtemps, j'allais exploser. J'ai souri, prétexté le baby-sitter sur le feu, elles ont fort bien compris, et je crois qu'elles étaient soulagées. J'étais une intruse, elles se fréquentaient toutes depuis des années. L'air de la nuit m'a revigorée. La voiture de

Gilles n'était pas garée devant chez nous, son dîner devait traîner en longueur. Quand je suis rentrée dans la maison, tout était silencieux. Et lui, il était là, assoupi, sur le canapé, la bouche entrouverte, avec ce Playmobil dans la main. Ce Playmobil que je n'avais jamais remarqué dans les affaires des enfants, mais il faut dire que je me contente souvent de les ranger en vitesse et que je ne détaille pas les tonnes de jouets que leur père leur achète tout au long de l'année. C'était une petite fille Playmobil. Avec de longs cheveux noirs, un tee-shirt rouge, une veste rouge et un pantalon vert clair.

Je me suis vue.

Dans sa main.

Je me suis vue, sur le pas de la porte. L'image était tellement violente qu'elle m'a coupé le souffle.

L'odeur. Une odeur de cire. Elle est presque inhérente à l'appartement. Les lattes du parquet. C'est un très vieux parquet, qui glisse quand il est ciré et qui grince à certains endroits. Je suis très fière de mon pantalon vert clair. Maman ne voulait pas me l'acheter. Maman n'aime pas les couleurs criardes. Elle veut toujours de la demi-teinte. Du rouge, d'accord, mais un peu passé, tirant sur le violet ou le lie-de-vin. Du beige, surtout. Toutes les tonalités du beige et du marron. Du bleu, également. À condition qu'il se fasse marin ou profond, foncé en tout cas. Et avec du style. Maman insiste toujours sur le style. Sur le rang qu'on a à tenir. Sur le fait d'être au-dessus de tout reproche. Alors le vert clair, pensez donc. On dirait une paysanne slovaque. C'est papa qui a accepté, bien sûr. C'est lui qui cède tout le temps. Ensuite, ils ont eu une petite dispute en anglais, histoire que je ne comprenne pas ce qui se racontait, mais il a gagné. Il gagne à tous les coups. Je suis intimement persuadée que maman aime bien endosser le rôle de celle qui pose des limites, parce qu'elle sait que ces limites vont être transgressées par papa, mais que ce ne sera pas sa faute, à elle.

La sonnette vient de retentir et, avant d'ouvrir, j'aperçois mon reflet dans le miroir de l'entrée. Je me conviens. Je me trouve belle. Même si mon amie Iulia dit que je ressemble à un sapin de Noël, comme ça, avec mon pantalon vert clair et ma veste rouge. Iulia, elle est jalouse, c'est tout.

Devant la porte, il y a deux hommes et une femme. Ils ont l'air soucieux. La femme me fait un petit sourire, mais on dirait qu'elle se force. Ils sont habillés comme maman aime, beaucoup de marron, de beige et de noir. Ils s'expriment très poliment. Ils demandent à voir maman, et justement, elle arrive. Elle s'arrête net en les voyant, je suis sûre que même son cœur cesse de battre un instant ; elle fronce les sourcils puis indique le salon de la tête. Ils vont parler. Il s'est passé quelque chose. Quelque chose de grave. Je le sais parce que la femme n'arrête pas de me jeter des coups d'œil et que, dans son regard, je sens de la pitié. Elle pense « la pauvre petite, la pauvre petite ». Je me réfugie dans ma chambre. Je ne veux pas entendre. Je ne veux rien entendre. Si je reste là, bien à l'abri, il ne se passera peut-être rien. Le temps ne s'écoulera plus, surtout si j'utilise mon philtre magique, celui que j'ai obtenu en écrabouillant les prunes l'autre jour, et en ajoutant un peu de terre. C'est une potion qui permet au temps de s'arrêter. Je vais l'utiliser. Je vais vivre dans ces minutes-là toute mon existence. Je suis bien, là. Je veux y rester. Je vais y rester.

Les philtres, les potions, les enchantements, j'y crois encore. Je fais mine d'être rationnelle, logique, cartésienne – je me suis adaptée. Mais, à l'intérieur, il y a encore des loups dans la forêt, des sorcières dans des maisons de sucre d'orge et de pain d'épice, des créatures hybrides, mi-femmes, mi-serpents, qui se lamentent sur les sentiers. Et des princes charmants. Des princes charmants, bien sûr. Des princes charmants endormis, qui attendent le baiser de la princesse pour se réveiller et pour que le mauvais sort se dissipe.

Il a failli être mon prince charmant, ce soir-là. Je sais à quel point la phrase est ridicule, je sais à quel point je suis pitoyable, pourtant, quand je formule ces mots-là, les larmes me viennent instantanément aux yeux. Il était là, assoupi sur le canapé, le Playmobil à la main – tellement détendu, tellement abandonné. J'aurais tout donné pour m'allonger à côté de lui.

Et là, je l'ai sentie se craqueler, la bulle. Plus que jamais auparavant. Je suis devenue en quelques secondes l'héroïne de toutes les histoires pour enfants. Alice qui rapetisse et qui grandit, la Belle au bois dormant réveillée, Sophie sur le point de faire une bêtise, Raiponce enfermée dans son donjon. J'étais toutes les femmes à la fois quand je me suis approchée de lui et que je me suis agenouillée. En face de ses lèvres entrouvertes, j'avais la gorge sèche. Je n'ai pas fermé les yeux. Je fuis, mais je garde les yeux ouverts, toujours. J'entendais les craquements, le plastique qui cède, l'enveloppe prête à rompre. Je sentais son souffle sur mon visage. Une seconde de plus et ma vie prenait une autre tournure. Une seconde de plus et mon monde laissait pénétrer tous les sons et toutes les couleurs. Cela ne s'est pas passé comme ça. Tant pis.

J'ai entendu une voiture se garer devant chez nous, j'ai cru que c'était Gilles. Je me suis relevée d'un coup, et j'ai vu des myriades d'étoiles. Quand j'ai pu me pencher de nouveau vers lui, il était réveillé. Je n'ai pas pu me résoudre à son départ imminent. J'ai fait traîner les choses. J'ai préparé une tisane. J'ai raconté la soirée – c'était totalement déplacé, mais j'avais besoin de temps pour colmater mes murs. Pour réparer les joints fissurés. Pour empêcher la destruction de cette bulle que j'avais mis si longtemps à construire. Mon enveloppe. Ma peau.

Aujourd'hui, tout est différent. Je suis tirée d'affaire. Je suis loin. Je veux bien être à son côté, d'autant qu'il s'agit simplement de courir. La seule chose à laquelle il faut que je fasse attention, c'est de ne pas le toucher. J'ai tout de même hésité avant de venir. Mais je voulais une vraie occasion pour lui adresser un adieu mental et tous mes meilleurs vœux pour l'avenir. Nous ne pouvions pas rester sur la soirée qu'il avait organisée chez lui. Cette soirée où, quand j'ai vu la mère assise dans un coin du salon, dans l'appartement du dessus, j'ai su que c'était elle qui avait tué l'enfant. J'ai su qu'elle était sortie de sa bulle et qu'elle avait tout explosé. Je l'ai reconnue. Et elle m'a reconnue. Je le sais. Je ne veux plus penser à tout ça. Je veux être ici et maintenant, au presque sommet de la colline, et embrasser le paysage autour en me disant qu'au fond la vie est belle et qu'elle vaut le coup d'être vécue. Je veux être positive, m'approcher au plus près de l'image que je projette. Et ensuite, courir – me débarrasser de mes oripeaux et courir. Je suis sûre que je vais crier en dévalant la pente. Parce que crier, parfois, c'est tout ce qui reste à faire. Et qu'on peut tellement se méprendre sur un cri. On peut le prendre pour de l'excitation, pour du désir – et même pour du plaisir.

Alors oui, je suis sûre que je vais crier.

Je suis déjà venu ici, de nombreuses fois. Je connais tous les sentiers, toutes les profondeurs, toutes les trouées. J'y venais déjà quand j'étais môme. C'est le voisin qui nous amenait. *Nous*, c'était la bande des quatre, quatre gamins qui habitaient dans le même immeuble. Le voisin s'appelait Charles Frappier et il avait plus de soixante ans. Ses enfants étaient grands, ils habitaient loin, ils venaient rarement le voir, alors nous, nous étions ses ersatz. Il cédait à presque tous nos caprices. Il nous amenait au cinéma, à la foire, dans les bois. Tout ce que nos parents ne faisaient pas parce qu'ils avaient trop de travail, trop de soucis ou simplement parce qu'ils trouvaient que les enfants, ça doit laisser les adultes tranquilles. Je n'ai pas grandi dans un monde où les mioches étaient surprotégés. Je n'ai pas grandi dans un monde obsédé par les serial killers et les pédophiles. Je n'ai pas vécu collé devant des enquêtes policières américaines et scientifiques qui font ressembler l'univers à une immense boucherie divisée en deux camps – les flics et les coupables. C'est sûrement pour ça que je préfère travailler en ZEP. Là où les enfants, pour le meilleur et pour le pire, ont encore une marge de liberté. Là où ils ne sont pas étouffés par treize mille activités annexes qui peuplent leurs jours de congé comme un agenda de ministre. Les mômes du collège où je bosse, ils se débrouillent. Et ils m'ont houspillé parce que j'avais été absent. Ils m'ont dit qu'il fallait que je me secoue un peu. C'est ce que je fais. Je me secoue. C'est important, que je me secoue. Pour ma femme. Pour Alex. Et pour mes filles, surtout.

Je le vois, le regard de mes filles. Le sourcil qui se fronce, les rides du front qui apparaissent pour la première fois et l'interrogation sur tout le visage. Qu'est-ce qui se passe exactement ? Combien de temps ça va durer ? Est-ce qu'il va rester dans cet état-là à vie ? Est-ce qu'il va y passer ?

Elles voudraient savoir, mes filles. Avoir un sol dans lequel s'enraciner. Ne pas s'enfoncer dans les sables mouvants de l'incertitude. Leur monde a changé en l'espace d'un été, l'année dernière. D'un seul coup, leur mère travaillait à cent cinquante kilomètres, elles restaient seules avec leur père toute la semaine, et ce père donnait des signes inquiétants de fatigue existentielle. D'un seul coup, pour elles, tout s'est assombri. Je vais tenter de me racheter, dans les mois à venir. Je prends mes bonnes résolutions en septembre, pour une fois.

On fait souvent subir ce dont on a soi-même souffert. La sensation d'abandon. La solitude forcée. Le noir qui mange insidieusement et se répand en tache d'encre. Ce qui est bien, dans les séances de psy, c'est de réfléchir à la trame. À l'image dans le tapis. Aux motifs inconscients qui gouvernent notre vie et en font un tableau mouvant. C'est important d'avoir une vision d'ensemble et de relever le nez du guidon. La compréhension comme première étape de la fin de la souffrance.

Je suis lucide. Je sais que c'est loin d'être fini. Il me faudra des mois encore, des années peut-être pour ne pas redevenir ce que j'étais auparavant. Pour devenir un homme lucide et calmé. Pour être majeur et vacciné. Vacciné, surtout.

Je pensais naïvement qu'avec le toubib nous allions parler et reparler de l'accident de mes parents, de ce que ça fait d'être orphelin à dix-sept ans, d'avoir à se battre tous les jours pour se maintenir à flot et pour ne pas sombrer, d'avoir à se composer un visage sérieux mais pas trop triste, pour ne pas inquiéter les autres, l'entourage, tous ceux qui ont assisté au drame, qui sont épouvantés et qui restent immobiles et constamment gênés en ta présence – comme si tu étais la tragédie en personne, ou le messie, le survivant, un truc que j'ai retrouvé dans la série des Harry Potter, des années plus tard : le respect effaré. En anglais, ils appellent ça *awe*, ils disent *I stand in awe*, je me tiens, respectueux, craintif et embarrassé, à distance de toi. Pendant des années, j'ai décelé le très léger mouvement de recul chez ceux qui ne me connaissaient que par ouï-dire et qui me rencontraient pour la première fois, ou chez ceux à qui je finissais par raconter ce qui s'était passé – sachant que, par la suite, toute relation amicale était biaisée. Je l'ai décelé, ou j'ai *cru* le déceler. C'est peut-être ce qu'on apprend de plus important, en vieillissant. L'univers qu'on se crée. Les illusions dont on se berce. Cette importance qu'on se donne, si bien qu'au final, on croit diriger le monde tandis que le monde s'en contrefout. Je n'ai pas dit à Alex que, si j'avais menti sur toute la ligne, c'était parce que je n'avais pas envie que cette distance infime, réelle ou supposée, s'interpose une fois de plus. C'est lassant, c'est éreintant. Je suis épuisé de jouer constamment le même rôle. « Il ne tient qu'à vous », répond le médecin. Je me suis rebellé contre ça, j'ai argumenté, tempêté, hurlé, mais au fond, je dois bien reconnaître qu'il a raison – il ne tient qu'à moi. C'est pour ça que j'ai organisé cette journée. En musique, on appellerait ça un impromptu. Des impromptus, les compositeurs en créaient pour les nobles, les princes, les rois. Je suis athée, je suis roturier, le seul impromptu que je composerai sera pour un mec de dix-neuf ans qui fait du baby-sitting dans un quartier assoupi d'une ville de province perdue.

Pourtant, tous les musiciens ont répondu présents.

J'en suis encore à imaginer de quel instrument ils jouent – moi, je suis le chef d'orchestre, et je joue aussi du pipeau. Irina, du violon, probablement. Mélanie de la trompette, ou du trombone, un cuivre, en tout cas. Luzard pencherait plutôt du côté des saxos. Bastien dans les bois – hautbois, clarinette. Il nous manque les tambours et les marteaux. Le rythme sur lequel nous marchons aujourd'hui. Taper du pied, s'assurer de la fermeté du sol, plier le genou, et recommencer. Monter. Monter encore. Sentir la gorge qui s'assèche. Aimer cette sensation-là. Le souffle régulier, mais un peu court. L'effort dans tout le corps. Les muscles qui se déploient. Le squelette qui grince. Et encore, ce n'est que le début. Nous finirons tous anéantis.

Donc, je pensais que nous parlerions de l'accident, et, déjà, j'en avais assez. Assez de revenir sur cette histoire. Assez d'avoir à comprendre que cela avait forgé mon existence future qui se mettait à ressembler à un tunnel sans fin, dont le bout se dérobait chaque fois. Mais, en définitive, nous sommes partis ailleurs. Nous avons quitté la ville de mon passé, les quartiers de mes obsessions et nous sommes allés visiter la périphérie, les collines et les forêts alentour. Nous avons contourné la rocade de ce qui semblait être l'événement majeur. Nous avons évité le carambolage et les tôles froissées. C'était très étonnant. J'avais tellement le nez sur ce qui me semblait être le nœud de ma vie, que j'en avais oublié les autres chemins. Le toubib m'a fait parler de mes histoires d'amour. D'emblée, je me suis détendu. C'est un terrain que nous aimons tous fouler – avec ce qu'il faut de lucidité adulte, avec ce détachement ironique qui rend les aventures anciennes drôles et tendres. J'ai évoqué l'adolescence, les filles qu'on attend à l'arrêt de bus, celles qui vous toisent et celles qui sourient. Je me sentais bien. C'est à ce moment-là que j'ai parlé d'Éléonore.

Il ne faudrait pas croire que je ne pense jamais à Éléonore. Il m'arrive d'y songer, de me souvenir de son visage, de ses bras fins, de l'odeur de vanille qu'exhalait son corps après l'amour. Parfois, j'entends une chanson ou j'aperçois en zappant sur la télévision les images d'un film que nous avons vu ensemble et ses traits s'impriment alors deux secondes sur mon écran intérieur. Mais c'est vrai que je ne m'y attarde pas. Notre liaison a duré six mois. Je suis un spécialiste des amours semestrielles. Je pourrais même résumer la décennie qui a suivi mon adolescence à une série de deux noms par an. J'avais vingt-trois ans lorsque je l'ai rencontrée. Je venais de finir mes études. Je préparais les concours de l'enseignement. J'avais vingt-trois ans et demi lorsqu'elle m'a quitté. J'avais réussi mes oraux, j'attendais ma mutation. Il serait plus exact de dire que *nous nous sommes quittés*, parce que nous nous sommes séparés d'un commun accord. Nous n'avions plus rien à faire ensemble. Certaines histoires ont des fins abruptes sur lesquelles il est impossible de revenir. Éléonore était une de celles-là. C'est pour ça que lorsque je l'évoque, cela ne dure jamais longtemps. Parce qu'il ne sert à rien de s'appesantir. S'appesantir, c'est confronter. Accepter la descente au tombeau – et je n'avais jusqu'à présent pas de temps pour cela.

Je l'ai pris, le temps. Le médecin et moi, nous nous sommes appesantis. Je ne m'imaginais pas le poids que quelques mois peuvent revêtir, dans une vie. C'est parce que je suis un mâle, d'après le psy. Les hommes continueraient à avancer en refusant obstinément de se retourner, contrairement aux femmes, qui tenteraient d'analyser et de comprendre, quitte à en souffrir. Le médecin pense que cette objection à la douleur et ce saut de l'ange volontariste dans le futur fragilisent les mâles, à long terme. Quand on y pense, ils ne font pas de vieux os, les maris, comparés à leurs épouses. Je m'aperçois que je tergiverse, que je prends des virages, que j'épouse des méandres, que je retarde, encore et toujours. Nous sommes presque au sommet. Je prends une longue inspiration. Il faut que j'aie la tête vide, tout à l'heure. C'est important. Alors, vidons. Vidons ma corbeille.

Éléonore et moi, cela n'a pas été fusionnel. Pas de passion dévorante, de lits trempés de sueur et d'heures passées à s'attendre. Nous nous étions rencontrés à une soirée d'étudiants, nous avions parlé, je la trouvais rigolote et mignonne, elle me trouvait acceptable et doté d'un certain sens de l'humour. Nous nous sommes moqués des gens qui étaient là : c'était facile, nous étions à une soirée costumée, tout le monde était ridicule, surtout nous, qui avions affiché notre volonté de ne pas participer à la mascarade. C'est comme ça que nous nous étions flairés et reconnus, d'ailleurs. Nous faisions tache au milieu des tableaux vivants. Nous nous croyions uniques, et supérieurs. Nous avons beaucoup bu et tout s'est enchaîné naturellement. Elle n'était pas vierge, je n'étais pas prude, nous nous sommes donné du plaisir. Tout aurait pu s'arrêter là le lendemain matin, mais c'était dimanche, il bruinait dehors, je n'avais pas envie de rester seul dans mon studio, alors je lui avais demandé si elle voulait qu'on fasse un bout de chemin ensemble. Elle avait haussé les épaules et elle avait répondu pourquoi pas. Pourquoi pas. Notre couple, c'était ça, un *pourquoi pas*. Tant qu'il n'y a rien de mieux. Faute de grives, on mange des merles. Nous avons marché de conserve quelque temps. Je lui trouvais beaucoup de qualités et une quantité astronomique de défauts, mais elle en avait autant à mon service. Nous étions compréhensifs et magnanimes l'un envers l'autre, parce que nous savions qu'il n'y avait aucun enjeu : nous ne resterions pas longtemps en duo.

Nous avons même passé le premier de l'An unis, et nous nous sommes embrassés sous le gui, ça porte bonheur. Au début de mars, Éléonore a découvert qu'elle était enceinte. Nous avons tous les deux repensé à la soirée du réveillon – nous étions trop saouls, je n'étais pas parvenu à enfiler le préservatif et, elle, elle riait de mes efforts désespérés. De toute façon, m'avait-elle dit, il n'y a pas de risque, je ne suis pas dans la période d'ovulation.

Nous nous sommes retrouvés tous les deux, sur le canapé bleu défoncé, nous regardions le test de grossesse. Nous étions très perplexes. Perplexes, mais pas désespérés. Nous savions pertinemment que ce serait une erreur de garder cet enfant. Nous avions toutes les bonnes raisons du monde. Nous étions au début de notre vie d'adultes, des études à effectuer pour elle, à terminer pour moi. Pas un rond. Et surtout aucun désir de progéniture. Je n'avais même pas envisagé l'hypothèse et, elle, elle était sûre de ne pas vouloir de mômes avant au moins dix, voire quinze ans. Nous avons pris la décision ensemble. Nous sommes allés à l'hôpital ensemble. C'est même la dernière chose que nous ayons faite ensemble. Nous n'avions pas prévenu nos parents respectifs. Nous étions sûrs qu'ils nous auraient donné leur aval. Je voulais rester dans le couloir, mais on m'a indiqué une petite salle d'attente, pour les futurs non-papas. Au bout d'un moment, une infirmière est venue me dire que tout s'était bien passé, qu'Éléonore se reposait et que non, pour l'instant, elle n'avait pas envie de me voir.

OK.

C'est ce que j'ai pensé sur le coup.

OK.

C'est ce que j'ai pensé après coup. Quand nous nous sommes revus, brièvement, en évitant de nous regarder – je crois que je n'ai jamais réussi à éviter aussi bien la confrontation avec quelqu'un que ce jour-là. Quand elle est venue reprendre ses affaires dans mon appartement et qu'elle a ajouté au téléphone que le plus rapide était le mieux. Quand elle m'a adressé, l'été suivant, une carte postale insipide qu'elle n'a pas signée – mais dont j'ai reconnu l'écriture.

OK. OK. OK. Toujours OK. Pas contrariant. Pas contrarié. J'ai continué ma route. Dans l'année qui a suivi, oui, c'est arrivé. Parfois, quand je passais dans les jardins publics, je regardais les enfants en bas âge, les nouveau-nés exclusivement, et la phrase « nous aurions pu en être là » me traversait l'esprit. Me *transperçait* l'esprit serait peut-être plus exact. Laissant place à une douleur d'une force insoupçonnée que j'ai préféré éviter de déclencher par la suite. Je me suis absenté des jardins publics, des fast-foods le mercredi après-midi et des écoles maternelles. Ensuite, bien sûr, j'ai oublié. On oublie tellement de choses. J'ai eu une pensée émue et tendre pour Éléonore et notre enfant virtuel lorsque Anne m'a annoncé qu'elle était enceinte. Nos deux filles ont été désirées, et même planifiées. Nous étions prêts. Nous savions que nous ferions de bons parents. En tout cas, je le croyais jusqu'à ces derniers mois. J'ai constamment douté que je puisse être un bon mari, et cela ne m'a pas surpris de voir notre couple s'effilocher. En revanche, je croyais que je serais beaucoup plus solide que ça, pour nos filles. Anne rétorque que j'ai été *extrêmement* solide, étant donné les circonstances, et que j'ai fait de mon mieux. Je n'en crois pas un mot.

Je parlais au médecin. Je parlais, je parlais, je parlais, et je m'engueulais intérieurement de dévider autant. Qu'est-ce que ça voulait dire ? Pour qui ça allait me faire passer ? Mais je continuais – une logorrhée infernale. Je ne voyais pas où tout cela allait nous mener, mais j'avais intimement la conviction qu'il y avait une direction. Il a juste dit : « Et Alex est arrivé » – et, d'un seul coup, j'ai été comme électrocuté, et ma dernière pensée, avant de me mettre à chialer comme une Madeleine, ça a été que, mine de rien, il était très fort, le toubib, et surtout que j'étais vraiment très con. Mais de ça, au fond, je n'ai jamais douté.

Toutes les connexions se sont faites brutalement et le standard a explosé.

Bien sûr, je sais que c'est trop beau et trop facile. Que tout est beaucoup plus complexe, teinté de souvenirs plus anciens, de deuils plus récents et de frustrations éternelles. N'empêche, c'est à ce moment-là que j'ai débranché.

Le psy n'a pas bougé. Je suppose que ce n'est pas son rôle. Je ressentais désespérément le besoin qu'il me prenne dans ses bras et me dise que tout irait bien, mais il n'y a rien eu de tel, parce qu'on n'est pas dans un roman de gare, et parce que le mec en face de moi n'était pas payé pour ça. Il n'a pas non plus posé de questions subsidiaires, ni fait aucune remarque. C'était à moi de me débrouiller avec ça, avec cette révélation aussi stupide qu'évidente. Alex a l'âge de l'enfant que j'aurais eu avec Éléonore. En fait, je m'étais mis en tête que ce serait un garçon – et j'ai eu deux filles. Évidemment, je ne pouvais pas non plus faire abstraction de possibles tendances homosexuelles ou d'un retour d'âge et d'un regret éternel d'une jeunesse perdue. Disons que la perspective ouvrait seulement d'autres gouffres, de nouvelles crevasses et surtout, surtout, un sol qui, bien que meuble, m'offrait l'opportunité de toucher le fond. Un vrai fond qui, même s'il en cachait d'autres, me permettait de donner un coup de pied pour tenter de regagner une hypothétique surface. J'avais un nom sur lequel mettre ce mélange de trouble et de paix, ce malaise et cette confiance qui me prenaient dans les soirées que je passais avec Alex. Et cette inquiétude face à ce lien que je tissais à coups de mensonges et qui, pourtant, me semblait d'une simplicité et d'un naturel renversants. Ce n'était pas un « je pourrais être ton père », c'était un « tu aurais pu être mon fils ».

Nous avons beaucoup travaillé, le toubib et moi.

Puis, oui, il y a eu des contacts physiques, des sourires, des phrases qui lâchent en plein milieu et une voix qui vacille, soudain. Nous sommes redescendus progressivement vers les terres anciennes, vers l'accident, et vers l'antérieur encore, l'adolescence et ses incertitudes, l'enfance vécue comme un mal-être permanent, l'impression de ne jamais être totalement à sa place, de décevoir sans cesse sans comprendre exactement ce qu'on voulait que je sois. Nous sommes allés loin. Nous irons plus loin encore. J'ai compris depuis longtemps que je m'assiérai dans ce bureau – où, contrairement à ce que je croyais, on ne s'allonge pas –, des mois encore, peut-être des années. Mais pas dans la même absence de repères. Pas dans la même perte. Nous sondons, nous reconstruisons. Encore plus vite depuis la soirée chez Alex et la mort de l'enfant, à l'étage au-dessus. Récemment, j'ai réussi à déclarer à haute voix que je me sentais redevable envers Alex, même s'il n'avait eu que le rôle de catalyseur. Sans lui, je serais passé à côté de moi. Le médecin a haussé les épaules, il a dit que c'était le cas de la majorité des gens et que, s'ils s'en trouvaient satisfaits ainsi, il n'y avait aucune raison pour eux de consulter. J'avais, moi, cette fragilité, cette faille – il convenait d'en faire un atout maintenant. C'est lui qui a suggéré le contre-don. Le potlatch. *Puisqu'il vous a offert inconsciemment votre salut, vous devriez lui rendre la pareille*. Quelque chose d'immatériel. Quelque chose d'irremplaçable. Quelque chose qu'il aimerait par-dessus tout, mais qu'il ne réalisera jamais.

J'ai compris, instantanément.

C'est Bastien qui en avait parlé, au bar, le soir de la fête avortée – un drôle d'adjectif étant donné les circonstances. Nous étions tous les deux, incapables de rentrer chez nous. Nous avions opté pour des *Cuba libre* au comptoir – le plus sûr chemin vers l'oubli. Bastien avait parlé de la dernière fois où il avait vu Alex saoul. Saoul de chez saoul. Lors d'une fête à la campagne. À un moment donné, Alex s'était écroulé dans un fauteuil et il délirait seul. Bastien s'était assis à son côté, mais Alex ne s'en était même pas rendu compte. Le mieux, c'est que les propos d'Alex n'étaient pas totalement incohérents. Vaseux, certes, parfois un peu bousculés, mais cohérents malgré tout. Il racontait qu'il aimerait courir. Courir, tout simplement. Courir, mais pas courir seul. Courir avec les autres, avec ceux qui comptaient dans sa vie. Il avait mentionné Bastien. Et il nous avait mentionnés, nous, ses employeurs. C'est là que j'ai eu la confirmation. La soirée à laquelle il nous avait conviés était plus importante qu'elle n'en avait l'air. Elle n'était pas une soirée de célébration et de remerciements. Elle était un arrachage. Une vraie plaie. Quelque chose qu'il fallait cautériser, avec de l'immatériel, avec de l'irremplaçable.

C'est pour ça que nous sommes là, aujourd'hui.

Je craignais qu'il ne pleuve. Même sous une pluie battante, nous serions tous venus, mais cela aurait été moins drôle – et surtout plus dangereux. Les chutes dans la boue et les glissades incontrôlées auraient sans doute gâché le plaisir. Nous allons courir, oui. Mais nous n'allons pas courir à l'horizontale. Nous n'allons pas courir platement. Nous n'allons pas courir de façon civilisée, avec des allées délimitées et cette obsession du chrono et de la performance. Nous allons courir sauvage. Nous montons au sommet de la colline. Là, nous reprendrons notre respiration. Nous inspirerons profondément. Nous nous emplirons d'air, baudruches que nous sommes. Nous embrasserons le paysage – la forêt derrière, et, devant nous, la descente dénudée, la plaine, les champs, les routes et la ville au loin.

L'unique tour de sa cathédrale. Son château d'eau peint en bleu. Les nuages au-dessus de nous. Le ciel qui hésite entre juillet et octobre. Dans un instant, je vais me lever, tranquillement. Je jetterai un coup d'œil à Alex. Aux autres. Je dirai « maintenant », et là, nous dévalerons.

Marc vient de m'expliquer.

Jusqu'à présent, ils refusaient tous de me donner des réponses. Je reste là, interdit, les bras ballants. J'ignore même si je dois les remercier. Je les regarde un par un, ils sont souriants, voire hilares. Ils sont contents de leur coup. Moi, je ne sais pas encore. J'ai du mal, avec les cadeaux. Je ne sais jamais comment recevoir. Mais là, il n'est pas question de recevoir. Il est question de courir. Nous sommes en haut de la colline. Nous dominons la plaine. Nous sommes du côté qui descend en pente presque douce vers les champs. Très peu d'arbres. De l'herbe, de la terre. Nous allons nous élancer ensemble. Nous tenterons de ne pas tomber, mais si nous tombons, cela n'a pas beaucoup d'importance. Ce qui est important, c'est d'être ici, de respirer à pleins poumons puis de cavaler à perdre haleine, en hurlant pour ceux qui souhaitent hurler, en riant pour ceux qui ne peuvent s'en empêcher. De partager un moment unique.

Je ne comprends pas comment ils ont touché mon rêve. Je ne comprends pas comment ils ont deviné que ce fantasme-là, je l'ai déjà eu – souvent. Cela fait des années que je rêve de dévaler en commun. La première fois, j'étais en seconde, avec des amis que je pensais pour la vie. Le jour de la sortie, nous n'arrivions pas à nous séparer, ou plutôt, je n'arrivais pas à me séparer d'eux. J'avais envie de leur proposer d'aller courir, ensemble. Pas sur un stade, pas sur du tartan. Dans les rues, dans les champs, sur les ponts, partout. Je n'ai rien dit, de peur de paraître ridicule. J'ai eu pleinement raison. Notre amitié pour la vie n'a pas résisté aux vacances. J'en ai parlé une fois à une fille. Elle s'est ouvertement moquée de moi. Je n'ai pas insisté. Je n'insiste jamais.

Et maintenant, ce sont eux qui proposent. Mes employeurs. Mes aînés. Des gens avec lesquels je ne suis pas sûr qu'on puisse parler d'amitié. Est-ce qu'on peut vraiment être amis avec vingt ans de différence ? Est-ce que l'expérience accumulée et le temps qui creuse et amplifie tout ne sont pas un obstacle rédhibitoire ? D'ailleurs, est-ce que c'est si important que ça de mettre un nom sur les sentiments, l'amitié, l'amour, tout se mélange tout le temps, non ?

Je devrais être le plus heureux des hommes – mais je me sens seulement perdu. Et confus. Les idées s'entrechoquent dans ma tête, les pans de phrase s'interrompent, je ne sais plus ce que je pense. Ce qui est sûr, c'est que c'est mieux que l'ordinateur. L'ordinateur, déjà, je trouvais ça utile et factuel. Oui, cela nous permettrait de rester en contact, d'échanger des mails, des *news* via *Facebook*, de *lâcher des coms* sur les *blogs* et de mater des *podcasts* tout en s'enregistrant avec la *webcam*. Pourtant, j'étais déçu ce soir-là.

J'attendais du personnel, de la chair et de la peau, j'avais reçu un écran – et je n'avais pas le droit de faire la gueule. C'était un supercadeau, ils en étaient très fiers. Ils n'ont pas eu le temps de se rendre compte de ma perplexité. Il y a eu des cris à l'étage, et tout a basculé.

Je ne sais pas quel a été l'impact de cette soirée. Nous n'en avons pas reparlé. Je ne connais que les conséquences qu'elle a eues sur moi – et elles sont énormes. J'ai arrêté de glander. De glander ma vie, d'attendre le dégel. Honnêtement, j'ai parfois l'impression que l'année précédente n'avait été qu'une longue antichambre de ce moment-là. Ce moment où, dans toute l'horreur de la situation, tu décides que plus rien ne sera jamais pareil. Mais il y avait eu des signes, auparavant. Déjà, j'avais souhaité organiser ce dîner entre nous. Je voulais un point d'orgue. Une borne à partir de laquelle démarrer. Ce soir-là, en voyant Guilbert, qui semblait soudain tellement plus vieux que ses trente ans, recroquevillé à côté du canapé, je me suis rendu compte qu'à force de se laisser dériver, on atteignait parfois des rivages où personne ne pouvait venir vous chercher. Punaisés comme des papillons dans une collection de musée. Morts – et en offrande à un public dégoûté.

J'ai mis l'été à profit.

Ma mère m'a indiqué qu'à la supérette à côté de chez elle, l'étudiante qui devait travailler pendant les vacances avait fait faux bond. Je me suis jeté sur l'occasion. J'ai passé l'été près des rayons réfrigérés, à vérifier des dates de péremption et à saluer les vieux du village qui m'avaient vu grandir. Le soir, je rejoignais les fêtes de ceux qui étaient au lycée avec moi, je n'arrivais pas à croire que je n'avais obtenu le bac qu'un petit peu plus d'un an plus tôt – j'avais l'impression qu'une décennie entière s'était écoulée. J'ai eu de bons moments, cet été. J'ai pu mesurer à quel point nous avions tous pris des routes différentes. J'ai lu tous les livres du programme de l'année suivante et, quand les nuits ont brièvement tourné à la canicule, j'ai appris des listes de vocabulaire. Avec quelque chose comme de la joie. Chaque fois que je cale, je revois le visage de Guilbert, le vide dans son regard qui fixe le corps de l'autre côté de la pièce – le corps qui a enfin cessé de bouger. La seconde quinzaine d'août, je suis parti avec Bastien dans le Sud-Ouest, un cousin à lui nous a prêté son studio près de la mer. J'ai retrouvé de la légèreté. De la profondeur et de la légèreté. C'est cette force-là qu'il me faut. C'est cette contradiction-là dont je veux porter les couleurs.

J'ai commencé mon boulot au lycée. Deux nuits et trois après-midi par semaine. J'ai un emploi du temps. Je suis cadré, la moitié de la semaine. Le jeudi matin, je travaille avec une fille qui finit ses études de droit. Nous nous regardons souvent. Nous allons fumer des clopes ensemble, à l'extérieur des bâtiments. Elle m'a invité à une soirée, dans huit jours. De la légèreté. De la profondeur et de la légèreté.

Inspirer un grand coup. Plusieurs fois de suite. Bien sentir l'air qui pénètre dans les poumons. J'ai envie de rire. Marc ressemble à un gourou et tout le monde, sauf Irina, l'écoute attentivement. Est-ce qu'en sortant d'une dépression on peut devenir dictateur ? Est-ce que tous les régimes autoritaires trouvent leurs racines dans la déprime ?

Courir.

J'ai toujours aimé courir. Pourtant, je n'ai jamais été très sportif. J'ai fait un peu de basket le mercredi après-midi, au collège. Un peu de tennis et de foot, mais c'était plus pour voir les copains en dehors de l'école. C'est ça, mon problème. Je ne fais les choses que pour les autres. Pour être avec les autres. Je me dilue souvent. Dans la course, non. La course, c'est individuel. La course, c'est soi-même, son corps, le rythme du cœur, la gorge qui s'assèche petit à petit et la tête qui se vide. Maintenant, je vais joindre le collectif et l'individuel. Je suis au centre de tout ça. Je suis le point de départ et la finalité de cet après-midi. Pour un peu, je me prendrais pour Dieu. Et Marc serait mon disciple, le Jean-Baptiste qui chante mon nom. Sauf que Dieu ne court pas. Dieu n'a jamais couru. Dieu ne se fatigue pas. Il nous regarde nous entre-tuer d'un air goguenard et il ricane. Je n'aime pas les dieux ricanants. Je préfère ne pas croire en eux.

Go !

C'est ce qu'il a dit. Je voulais les voir partir tous, les embrasser du regard, une première et une dernière fois, mais mes jambes ont précédé mes pensées. Je gagne de la vitesse. Je descends. Je dévale. Une branche s'est cassée sous mes pieds. Je suis devant, avec Mélanie. Elle rit tout ce qu'elle sait. Elle passe par toutes les couleurs. Bastien, sur ma droite. Un coup d'œil. Il sourit. Irina qui nous dépasse en criant, un hurlement qui rappelle d'autres hurlements, la Guilbert, mais la victoire aussi – et la liberté. Luzard, en petites foulées. À l'entraînement. Entraîner. Ils m'entraînent, ils m'entraînent.

Doucement, j'accélère.
Le paysage qui bouge.
Vert, jaune, marron.
Beaucoup de marron.
Je n'aime pas le marron. Le mot *marron*.
Je dis brun. C'est mieux, *brun*.
Je suis devant, je suis tout devant.
Je vois la cathédrale, au fond.
On fait peur aux oiseaux.
On est un con.
Je fais peur aux oiseaux.
Je leur fais peur, ou alors c'est qu'ils me reconnaissent.
C'est ça.
Ils se doutent.
Ils ont compris que, moi aussi, je vais m'envoler.
Exact.
Si je lève un peu plus haut les pieds.
Si je lève un peu plus haut les pieds.
Si je donne une impulsion, là, bientôt, je décolle.
Si je donne une impulsion.
Ici.
Maintenant.